JN139891

乙女ゲーム六周目、オートモードが切れました。1

Characters
Auto mode off at Otome game 6th round. by Soratani Reina
マリアベル・テンペスト
本編の主人公。乙女ゲーム「LinaLia」の世界に悪役令嬢として転生し、過去五周に渡りオートモードでの人生を体験。六周目にしてようやく行動の自由を得る。
ケイト・エイリス
マリアベルの幼馴染み。テンペスト家に仕える庭師の息子。

攻略対象
ルーナ・ビィ・レオーノヴァ
乙女ゲーム『LinaLia』の舞台となるクレーネ王国の第二王子。
攻略対象
グレイアス・ファニー・サンドリア
マリアベルの家庭教師。天才的な魔法能力の持ち主。
攻略対象
ツバル・ミリアンダ
宰相ミリアンダ侯爵の子息。ルーナとは幼馴染み。
攻略対象
ネリエル・ジュリアーノ
ジュリアーノ伯爵の末子。

目次

プロローグ

電飾の様なきらびやかな音が私の耳に鳴り響く。

今回で五回目のそれはもはやどこか馴染み深い。

私の意思とは関係なく眉間には皺が寄り、唇は噛み締められ、両手は痛いくらい握られている。

きっと周りから見ると今の私は屈辱と悲しみに打ちのめされているのだろう。

実際は悲しみなんて微塵も無く、感想はただただ終わったんだなーってだけなんだけどね。

「どうして……どうしてなんですの‼」

絶望に打ちひしがれながらも現実を認めたくなくて、思考とは真逆にヒステリックに叫ぶ姿は、自分でも凄い癇癪持ちだと思う。意思に反して動く口は何度もどうしてだと呟いているが、幸せに満ちた空間では不気味でしかない。ホラーだホラー。

「……マリアベル」

マリアベル。それは私の名前。

プラチナブロンドの少し長い髪に黄金色の瞳をした美男がこちらを見つめ、口を開いた。

「マリアベル、すまない。俺は……カレンが好きだ」

「っ……‼」

衝撃に打ちのめされた私がこの場を走り去るまで後三秒。
そして視界が暗転するまで後、七秒。

＋　＋　＋　＋

『LinaLia（リナリア）』——剣と魔法の世界で様々な困難を乗り越え愛を育（はぐく）む、王道恋愛ファンタジー乙女ゲームのタイトルだ。

舞台はアヴァントール魔法学園。王族貴族の華麗なる血脈から芸術家の子息まで、財ある者達が通う超セレブ学園に、稀（まれ）なる才能を見込まれた田舎の平民であるヒロインが転入して来るところからゲームは始まる。

攻略対象は五人。一人は教員、残りは先輩二人、同輩一人、後輩一人とバランス良く様々な年代の恋愛が楽しめるようになっている。勿論皆、容姿端麗家柄良好。二次元スペックのえげつなさが半端ない。

そしてそんなえげつないほどハイスペックな王子様達と恋愛を繰り広げるヒロインは、カレン・フロウ。

金糸（きんし）のストレートボブ、深海を思わせる碧眼（へきがん）、透き通る様な白い肌。愛らしさの化身と言わざるを得ない美少女。

性格は優しくて穏やか、明るく前向きで恋愛には天然記念物並みに鈍い。そしてこの世界では類稀なる才能『強化魔法』を備えた、安心安定のヒロインスペック保持者。

ここまでが簡単な『LinaLia』の舞台とキャラクターの設定となるが、このゲームにはどの攻略対象にも共通する恋愛のテーマがある。

それは、題名にもなっているリナリアの花言葉。

『この恋に気付いて』

少し分かり辛いかもしれないので明記しておくと、このゲームの絶対的恋愛テーマは『許されぬ片思い』だ。

攻略対象五人には個別ルートに入ると親公認の許嫁が出来る。

許嫁の名はマリアベル・テンペスト。

菫色のふわふわ波打つロングヘア。パステルパープルの瞳は黒目がちで、エクステみたいな睫毛にびっしり縁取られている。白磁を思わせる白く滑らかな肌も、小さな顔も、華奢ながら美しい曲線を描くシルエットも、これまたヒロイン同様二次元の権利を余すところ無く使った超絶美女……なのだが。

ヒロインの甘い愛されフェイスとは真逆に位置する悪役百二十パーセント仕様フェイスである事が彼女のポジションを物語っているのではないだろうか。

さて、長々語らせていただいた所で本題に入ろう。恐らく大多数の方が予想しているかと思うが。

私は今その『LinaLia』の世界にいる。

悪役令嬢、マリアベル・テンペストとして。

第一話 こんにちは、赤ちゃん

一周目の時はとにかく驚いた。

目を開けたらいきなり高等部の始業式、しかも絢爛（けんらん）豪華って言葉が似合いそうな建物で行われるそれについていける人間はいないと思う。内心混乱を通り越しておかしくなっていたが、私の意思が一切反映されない表情と言動は好き勝手に暴言暴挙のオンパレード。ありのままおかしくなって変質者認定も嫌だが、悪役令嬢として嫌われロードを邁進（まいしん）するのも辛すぎる。平和の尊さが身に染みた。

二周目は、夢であってくれという切実な願いが九十九・九パーセント叶わないという事実に内心泣きながら過ぎていった。

ある意味一周目よりも絶望感は大きかったかもしれない。エンディングを迎えれば戻れるかもしれない、という一縷（いちる）の望みをぶった切られたのだから。いるかどうかも分からない神様を恨んだし、ちょっと呪った。

三周目には、もう諦めていた。開き直ったともいう。

だってどんな行いをしようと、嫌われようと、私に出来る事など何もない。なんたって私は自分の意思で喋れないし動けないのだから！　所謂、オートモードってやつだ。

知らぬ間に押し付けられていた全自動の身体は、嫌われる為の行動しか取らない働き者の悪役令嬢だったとか天罰としか思えないんだが。悪役とかアンチヒーローとかってカッコいいかもしれないけど、まず自分の意思で行動出来る事が最低条件だと思うんだよね。意思の無い悪役なんてヒーローに蹴散らされる黒タイツの雑魚キャラ以下、かっこよさの欠片もないな。自分の事だけど。

そして今終わったのは、五周目のエンディング。

初めの頃は少量の希望と、それを裏切られ地獄に叩き落とされる感覚にうちのめされていたが、五回目ともなると何の感慨も無い。

今終わったのは最後の攻略対象、今回も私は国を追われた挙句消息不明となります。そろそろ国を追い出されるのにも動じなくなってきた。寧ろご臨終決定より穏便だとさえ思う。これから始まる六周目はもう何の知識も無いが、元々あった所で役には立たない。精々私の心の準備が出来るだけ、オートモードである限り『知っている』事に意味は皆無。それを悲しいと思わなくなった自分の順応力とスルースキルに悲しくなるが、オートモードで生きる為には必要不可欠なスキルだ。

嫌過ぎる慣れに絶望感は無くなったけど希望も消え去った私の耳は音が聞こえなくなり、次いで目を閉じたわけでもないのに視界が一気に暗くなる。

時間にして、数秒後。目を開ければ毎度お馴染みである高等部の始業式――。

「……？」

開いた視界に映ったのは、パステルピンクの天井。高そうなシャンデリアが可愛いなーとか現実逃避をしている場合ではない。

今までの経験上、私がいるのは見慣れた講堂のはず。

「マリアちゃん、起きた？」

「っ……」

困惑していた私の耳に届いたのは、野太い男性の声でも聞こえやすさを重視した女性の声でもなく。綺麗で、優しいよく耳に馴染んだ女性の声だった。

そして視界の端に見えていた手摺(てすり)を掴む手。短く切られた爪から、ゆっくりと視線を上げていく。

パステルパープルの双眸(そうぼう)。大きくて丸くて、幼い印象のたれ目。緩く編まれた金髪に繊細な装飾の髪飾りがよく似合っている。顔面偏差値桁外れが量産される二次元の世界では地味な印象を受けるが、それでも充分可愛らしい女性だ。

でも……どちら様？　今までの五周で一度も見た事が無い人。

「マリアちゃん、起きたならお着替えしようね」

「っ……!?」

そう言って、両脇に手がかかる。混乱する中ゆっくりと持ち上げられた私は、自分が今までどんな場所にいたのかを知った。

天井の色から想像はしていたが、パステルピンクの壁。バルコニーへと続く窓は丸みがあって可愛らしい。白を基調とした猫足の家具はどれも高級感の漂う上品な造りだ。そして極めつけは、天蓋（てんがい）のついたベビーベッド。

そう、天蓋のついた『ベビー』ベッド。私の常識よりもはるかに上等な造りではあるけど用途は同じはず、赤ちゃんが寝る寝具。

勿論ついさっきまで私が寝ていた物の事だ。

「う、あぁう！」

「マリアちゃん？」

『どうなってるの！』と、叫んだはずなんだけどなー。何で私の口から出るのは言葉になりそこなった平仮名の残骸なんでしょう。五周している間に私本体の言語力が幼児以下になったとか？ナニソレ泣キタイ。

……あれ、今喋った？　口から言葉が出たって事は喋ってるよね？　たとえなりそこなっていても声帯は機能してるって証明はされたよね？

私は今確かに、私の意思で喋った。

そういえばさっきからじたばたする手足も唇も、私の意思が隅々まで行き渡っているかの様に想像通りの行動をする。視界に入る手足の大きさもそうだが、私にとっては『動く事』もとびっきり重要だ。

「どうしたの？　お腹空いたの？」

心配そうにあやしてくれる女性は恐らく私、マリアベルの母……だと思う。マリアベルが五歳の頃に離縁されて親権は父に渡ったとか……何周目かで言っていた気がする。自己主張が出来なかったから聞いてなかった。

ただ目の色がマリアベルと同じ、薄く淡い不思議な色。パステルカラーの瞳は珍しいって……これも何周目かで聞いたはず。

「うーぁ、ぁー」

「マリアちゃん、今日はいっぱいお喋りするね」

確認の為に何度か言葉を発してみるとやっぱりこれは私の声のようだ。意思疎通の仕事は放棄しているらしく全く何を言っているのか伝わっていないが、言ってる私もさっぱりだからな。

問題は、どうやら全自動機能は稼働していないという事で。

オートモードがアイデンティティじゃなかったのか。全員攻略したら後は好きにやってくださいと？　無茶言うな。

「あー、ぁーぅ」

「ご機嫌だね、良い夢みたの？」

真逆です。むしろ今が夢なら良いのに。

何度試してみても私の口から出るのは単語にすらなっていない平仮名、それも『あ行』だけ。

ベビーベッド、あ行だけの発言能力、そして小柄な女性に持ち上げられる身体。

どうやら新たに始まった六周目の人生は、高等部二年でも、オートモードでも無い。

私自身の意思で話し、行動していく……拘束のない、自由な赤ん坊のマリアベルとして。

オートモードの終了を喜ぶべきなのか、乙女ゲームの世界から逃れられなかった事を嘆くべきなのか。そして何故高等部二年の状態で全自動を終了してくれなかったのか。

色んな不満と希望が一遍に訪れる中、私はまず目先の赤ちゃんの生活を思い起こして泣きたくなった。

第二話　いきなり崖っぷち

マリアベル・テンペストです。三歳になりました。

展開が早い？　赤ん坊の日常なんて語る所がない……いや、むしろ語りたくない事が満載過ぎるので割愛させて貰(もら)いましたが何か？

二日で全自動の頃が恋しくなるくらいに辛かった。人は羞恥心で死ねないのだと痛感させられた。

羞恥心に殺傷能力が有ったなら私は間違い無く息絶えていただろう。むしろそうなりたかった、八割本気。

中身は高等部二年生を五回経験している。活動期間は一周一年だからトータルしても五年だけど。精神年齢は自立しているので、まさに某小学生探偵と同じ境遇、嬉しくは無い。

と、諸々の事情を考慮しての割愛。異論は認めません。今まで自己主張が一切合切出来なかったせいか、私のスルースキルは完璧ですからね！　嬉しくは無い。

話を戻そう。三歳になった私がまずした事は、覚えている限りの情報を書き出す作業。紙とペンを持ってお絵かきに夢中！　な光景が違和感なく見えるまで待ちました。忘れない様に必死だったよ、私記憶力に自信ナシな人間なので。

情報は貴重、オートモードが機能しない今は迂闊に動くと破滅か死。生が無いとかどんなクソゲー、今すぐ売却してやりたい。

まず、タイトルは『LinaLia』。花言葉とかけて婚約者の居る相手との恋愛を楽しむ乙女ゲームで

ゲームの舞台、アヴァントール魔法学園のあるクレーネ王国第二王子『ルーナ・ビィ・レオーノヴァ』。

攻略対象は五人。

世界一の火炎魔導師を祖父に持つサラブレッド『サーシア・ドロシー』。

国の宰相であるミリアンダ侯爵の子息『ツバル・ミリアンダ』。

外交を生業とするジュリアーノ伯爵の末子『ネリエル・ジュリアーノ』。

四人をクリアする事でロックが解除される隠しキャラ、学園教員『グレイアス・ファニー・サンドリア』。

勿論全員イケメン美形のオンパレード。立ってるだけでお金が稼げそうな、ヒエラルキーのトップ集団。直視したら目が潰れそう。

ヒロイン『カレン・フロウ』については平民である事と強化魔法の使い手である事くらいしか情報が無い。過去五周を思い出してもそれ以上何も出てこないって、どんだけヒロイン嫌いなんだよマリアベル。

そして『LinaLia』のメイン悪役。ヒロイン、攻略対象に並んでキャラクター紹介に載るくらいには重要な役割を担う、私、マリアベル・テンペスト。

クレーネ王国の公爵家に生まれた一人娘。母に関しての情報はほとんど語られていないが、マリアベルが五歳の頃に離婚し、親権は父方が持つ事になったとか。一人娘に加え母がいない、寂しい思いをさせまいと父はマリアベルを甘やかしに甘やかして溺愛した。目に入れても痛くないってこれか、ってくらいに。内心私は引いてました。

そんな、マリアベルの為ならたとえ火の中水の中地獄の底奈落の底、な父に育てられたマリアベルがまともな性格に育つ訳が無く。

『平民だから気に入らない』とヒロインを犯罪スレスレ……ではなく、犯罪？　揉み消しますが何か？　の精神で苛め倒す。『好きな人が出来た』と父の金と人脈と権力を惜しみ無く使って婚約者になる。我儘自己中最低令嬢の完成だ。破滅か死も自業自得のクズっぷり。全自動の頃なら腹を抱えてざまぁみろと大笑いが出来たのに。

今の私にとっては死活問題だ。苛め、ダメ絶対。愛の無い婚約、結婚も反対。

今ならば私が気を付ける事が出来る。平民だからって苛めたりしない。好きだからって無理矢理婚約に漕ぎ着けたりしない。

でも、もし全自動に戻ってしまったら？

今自由に動ける話せるからって、これからもそうである保証は無い。現に過去五周は全自動だったのだから。

また甘やかされて、調子にのって、我儘放題しはじめたら？　その先に待つのは破滅か死、生無しのクソゲーまっしぐら。

そして……もし、最悪の瞬間に全自動が切れてしまったら？

思い出す最悪の日々、呼吸をするように人を見下し傷付けていくマリアベルに罪悪感で絞殺されるかと思った。発狂もしたし、心が壊れる寸前くらいは何度となく経験してる。

苦しかったし辛かった、今思い出しても苦しい辛い。それでも私がギリギリの所で壊れずに済んだのは、全て『私ではなくマリアベルに対する言動』なのだと割り切れる理由があったから。責任を押し付けられる相手がいて、実際当事者はマリアベルで、叩き付けられる罵詈雑言もマリアベルに向けられたものだから。

マリアベルの行動が引き起こす事態に対し、マリアベルを盾にする事で何とか自分を保ってきた。

もし、その盾が無かったら。もし、私自身があの場所に立っていたら。

あの声を、あの視線を、何の防具も無く浴びる事になったとしたら。

その恐怖と、無実なのに責められる理不尽に対する怒りに、私は耐えられるのだろうか。

つらつらとノートに書き記して、私は気が付いた。

私がまず初めにすべき事。それはフラグを折る事でも、破滅後の生活準備でも無く。

「……家庭と生活の環境を変えなければ！」

たとえ全自動になろうとも破滅に向かわないよう、マリアベルが歪（ゆが）まず、ヒロイン同様……とまでは行かずとも普通の価値観を身につけられる環境を作る。


マリアベル・テンペストが我儘自己中最低令嬢になる芽を摘む。

それこそが、やっと自己主張の場を得た私が一番にすべき事なのだと。

×　×　×

環境改善の為、私が真っ先に考えたのは両親の事だ。

マリアベルが我儘になったのは父親が甘やかしたせいで、その理由は両親の離婚なのだが、私には一つの疑問があった。

何故、二人は離婚したのだろうか？

過去の五周で、私は離婚の理由は母親にあるのだと思っていた。

何故なら、父は母をとても愛している。

父が名付けたという『マリアベル』の名も『聖母マリア』と母『ベールデリア』からとった物だ。

マリアベルを過度に甘やかすのには離婚などの理由がある。しかし元々父は自分と同じ顔をしながら母親と同じパステルパープルの瞳を持つ娘を溺愛していた。自分と、愛する人との特徴を併せ持つ娘が可愛くてしかたがなかったらしい。

もしかしたら離婚で寂しい思いをしている娘を甘やかしながら、自分の寂しさも埋めていたのかもしれない。

そんな父が自ら離婚を申し出るはずがない。

だから離婚を申し出たのは母の方なのだろうと勝手に思っていたのだけど。

「……あの、お母様は」

「奥様はお疲れなんですよ」

「……そうですか」

メイドはそっけなく答えた。

かれこれ一週間毎日同じ返答ですけど。私のお母様は随分多忙なんですね。因みにご当主であるはずのお父様は、毎日おはようの挨拶を言いに来てくれますけど。貴族の当主より忙しい奥さんって何だそれ。

家の事も私の世話も全部メイドがやってるのに……お母様、多趣味なの？　そんな馬鹿な。

「どうしたもんかなぁ……」

母親に会うのってこんな大変な事だっけ？　最後に話したのいつだろう……ってくらい関わりが少ないんですけど！

私の食事が離乳食になったのをきっかけに、私の世話は母ではなくメイドがするようになった。そこからお母様との関わりは著しく減少し、今では顔を合わせても会話がない。顔を合わせるのすら週に一回あるかないか……あれ、これって親子？

せっかくある程度自由に出歩けるようになったのに……。

二人が離婚する五歳までに、離婚の原因を探り、それを取り除くなんて出来るのだろうか。

何たって私はただ今三歳の幼児。離婚しないでー！　と騒げば何とかなるかもしれないけど、その兆しも分からないままに行動して、笑って流されたらそれこそ詰む。

「これは思った以上に状況が悪いな……」

過去五周の記憶もあるし、何とかなるだろうなんて楽観視したのがダメだったのか。あぁもう全自動が恋しい……再発は全力で遠慮するけど。

第三話 猫被りって楽じゃない

さてさて、人生楽観視を数日でぶち壊された私がもがきながらも進めない、ストレス耐久の生活を送っていたある日。薔薇園の異名を持つ、我が家の色彩豊かな薔薇が咲き誇る温室で、私は悩んでいた。

私はまたしても気が付いてしまったのだ。……というより、見て見ぬふりをしたくて頑張っていたけど目の前に聳(そび)え立って動かないそれを無視をするにも限界が来た。普通の三歳児だったら気が付かなかったかもしれないが、残念な事に私は普通の、素直で純粋な三歳幼児では無い。

だから、気付いてしまった。気付かなければ幸せだったのに、気付いてしまった。

私……使用人の人達に嫌われてる‼

改めて自覚するとダメージが大きいな。心が抉(えぐ)られた。

そういえば、エンディングでマリアベルは学園全員、今まで取り巻きをしていた人達にも手のひらを返した様に嫌われたっけ……全自動だったから笑えてたけど、あれが自分に来たら私は耐えられない。しかもその上で攻略対象にすがりつくなんて……生き恥も良いとこだ。黒歴史どころの話じゃない。

話がそれた。とにかく、私は使用人達に嫌われている。

とは言え向こうは大人でこっちは三歳（見た目）、分かりやすい嫌悪を向けられる事は無いし意地悪もされない。したらクビだしね。あの（娘大好きを公言している）父が黙っているわけが無い。

では何故私が気付いたかと言うと。

「あの、おみずを――」

「お持ちしましたお嬢様」

「……ありがとう」

とか。

「髪がすこし――」

「今結わえます、お嬢様」

とか。

「あの――」

「何でしょうか、お嬢様」

とか。それだけならただのメイドさんなんだけど、問題は彼女達が皆私に対して無表情って事だよ。

さすが元々乙女ゲームだった事もあって使用人も皆見目麗（みめうるわ）しいんだけどね、美形の無表情って怖い。しかも口調まで無機質だから余計に。何なの、皆感情無いの？

しかも、それだけでなく。

「あの、お母――」

「お嬢様、奥様はお忙しいんですよ」

って、毎回毎回お母様に話しかけようとする度邪魔されるし！

忙しいとか嘘だよね？　普通にお部屋にいらっしゃったじゃねぇか！　親子のコミュニケーション邪魔すんな！

「……つらい」

母親と話すのに何でこんな苦労しなきゃいけないんだ。早くお母様とお話しして離婚の原因を探らなくてはならないのに！

「……やさしかったのになぁ」

離乳食になる前、私の世話をしてくれたお母様は優しくて可愛くて、私は一瞬で大好きになった。笑いかけてくれる度、言う事を聞かない四肢に対する怒りが消えていったのを覚えている。まぁその後の食事の時間は拷問に近いものがあったけど……うん、思い出すまい。

そんな母が、父と離婚した原因。

自分を愛してくれる人と、娘を置いて家を出た原因。

想像がつかない。全く、一切、思い付かない。

「どうしようもない理由……とか？」

家の事情、夫婦の事情、憶測は広がるがどれもピンとこないのは登場人物の情報が少な過ぎるから。

過去五周、マリアベルは母親に対して全くの無関心であった為ゲーム内で母親に関する話題はほとんど出てこない。勿論キャラクターデザインも存在しない為私は六周目で初めてマリアベルの、延（ひ）いては私の母の顔を知った。

つまり過去五周実際に関わった攻略対象やヒロイン、お父様達の様に予備知識がゼロの状態なのだ。第一関門とも言える両親の離婚を止めるにはお父様側だけの情報では不十分、いやむしろお母様側の情報が無いと始まらない。

だから何としてもお母様とお話をして情報を得たいのに……。

「というか、何で会えないのさ！」

振り出しに戻る。うん、やっぱり会わない事には始まらないんだよ！

思わず声を大にして叫んだ。そろそろストレスも限界なんです。

一応公爵令嬢として、両手を振り上げて不満を叫ぶなんてはしたないまねをすべきでは無いのだが、ここなら大丈夫。この薔薇園は、日々年相応の言動に疲れた私が何とか一人になれないかと屋敷中を歩き回って見つけた場所なのだ。初めは神出鬼没な能面メイドがどっかにいるんじゃないかと緊張していたが、今ではがっつり椅子の上で体育座りなんかしちゃうくらいに慣れ親しんでいる。

「……みみ、いたい」

それだけ邪魔され続けているんだと思うと悲しいけど。

「っ……⁉」

ここは私しかいないから気を遣う必要が無い……と今説明したばかりなのだが。

撤回、人がいた。非常にマズい。今の私は完全に気を抜いていた。

どのくらい？　椅子の上に体育座り、からの胡座(あぐら)、からの独り言です。令嬢どころか普通に女子力低い、そして私は三歳児。

絵面がシュール過ぎる。

「え……ぁ、い、いつから……っ」

「おれの方が先だった」

「そ、そう……」

つまり初めから見られていた、と。

盛大な独り言も。体育座りから胡座に至るまでの流れも。

泣いてもいいですか。

「……みぐるしいすがたをお見せしましたわ、ごめんあそばせ」

今さら取り繕(つくろ)っても意味は無いが、開き直ってしまうには情報が少ない。

まず……この子、誰？

テンペスト家に子どもは一人。私だけだし使用人は独身か、子どもがいてもすでに独り立ちしている人達ばかり。子どもらしい子どもは、私だけのはずなんだけど。

目の前にいる子は、私とそう歳の変わらない幼児だ。

天使の輪が煌めく茶色い髪に、甘いミルクティーの様な亜麻色の瞳。少しつり上がった目元に同族として親近感を覚えるが、サラサラ靡くストレートヘアは妬ましい。毎日メイドに必死こいてセットして貰っている私への嫌味か。効果は抜群だ。

でも……やっぱり誰だ。

少なくとも攻略対象ではない。髪も目も、色が違う。

「わたくしはマリアベル、この家のむすめです。あなたはだれにきょかをえて、ここにいるのかしら」

自分で言っていて、なんて生意気なんだと思う。初対面の人に対して上から目線すぎる、三歳児の発言では無い。

でも、言い訳させて欲しい。私は、マリアベルなのだ。

悪役という意味ではなく、私はテンペスト家の令嬢マリアベル・テンペストで、三歳であろうとそれ相応の振る舞いが義務付けられている立場にある。

と言っても、私はずっとオートモードで暮らしてきた。たとえ今がマリアベルだからと言っても私の自我はオートモードの中ですでに確立されている。今さら身も心もマリアベルという公爵令嬢になど、なれる訳がない。強要されたら人格否定で訴えてやる。

勿論だからといって責任を転嫁や放棄出来るとも思っていない。猫を被ってやり過ごすくらい、過去五回マリアベルを経験した私には雑作も無い事。

被れる猫がマリアベルである事が問題だったんだけどね。気付くのが遅かった。

「わたくし、今ひとりになりたいの。出ていっていただける?」

お願いだからこれ以上私に黒歴史を増やさせないで。

「……へんなしゃべりかた」

どストレートな発言ありがとう。子どもって正直だね。でも女の子に変なんて言ったらモテないぞ!

「ふつうにしゃべりなよ。さっき一人の時はふつうだったじゃん」

「……やはり、きいてらしたのね」

一縷の望みを持ってたんだけど、木っ端微塵に粉砕された。

「会えないって、だれに?」

「…………」

「だれに?」

ぐいぐいくるなこの子。そんなに興味持つ様な事でも無いだろうに。

答えたくないと態度で示しているはずなのに一切引く様子の無い少年に、結局私の方が根負けしてしまった。子どもの『なんで?』攻撃って純粋過ぎて回避が難しすぎる。

「……お母様よ」

「お母様……って、きみの？」

「ええ、わたくしのお母様。忙しいからって、ろくにおはなしもできない」

本当に忙しいかは甚だ疑問だけどね。今日も会いに行ったら対応してくれたのは能面メイドさんで、お母様には会うどころか顔を見る事も出来なかった。

「……あいたく、ないのかもしれない」

もしかしたらお母様は私に会いたく無いのかもしれない。

それは私がずっと心の片隅に追いやり目を背け続けてきた事だった。何故会えないのか、それは相手が会いたがっていないから。そう考えるのが一番自然だろう。

そうじゃない、そんなはず無い、何度も別の可能性に目を向けてきたけど、どれだけ視野を広く持ったってお母様は私に会ってくれない。使用人達も、お父様も、忙しいんだとか疲れてるんだとか、会わせてくれない。

そして、お母様自身も会いに来てくれない。

たった一人の娘と母親が話す事すらままならないのに、会いたがっているのも会いに行くのも私だけ。今の私は大切な目的の為にお母様に会いたがっているけれど、本物の……正真正銘三歳のマリアベルだったとしても、きっと母を恋しがるだろう。三歳なんて母親にも父親にも沢山甘えたい年頃。何より子にとって、娘にとって母親は特別な存在で、父親がどれ程自分を愛してくれていてもやっぱり母親からの明確な愛情が欲しい。

「あいたいのは、わたくしだけなのかもしれない」

口に出せば出すほどそれが事実の様に思えてくる。会いたいのも、親子の情が有るのも私だけなのではないか。そう思えてならない。

優しそうに見えたのも、私の錯覚だったのだろうか。そうじゃないと思いたいけど私にはその判断材料が無い。

言わば手詰まり。目の前は壁、ここを越えなければこの先の壁はどう変化するのか分からない、とても重要な関門なのに。

沈む気持ちと同じく下がっていく頭。

浮上させたのはあまりにもあっけらかんとした声だった。

「なら、きいてみればいいじゃん」

「え……？」

「きみのことすきかきらいか、お母さんにきけばいい」

第四話　難しい事なんてそうそう無い

簡単な事だ、そう言いたげな彼の視線が私を見る。むしろ何故そうしないのだと目が語っていた。

分からないなら聞けばいい。分からないなら、教えて貰えば良い。

全く思い付かなかった提案はまさに、目から鱗（うろこ）。簡単な事なのに……いや、簡単だからこそ凝（こ）り固まった価値観では導けなかった答えは天啓（てんけい）の様だった。

大袈裟じゃなくて結構本気で。こちとら死亡フラグがかかってますからね！

「ふふっ」

「……なに、いきなり」

嬉しくて思わず笑みを溢（こぼ）した私に少年は不気味だと言わんばかりに後ずさった。いきなり笑った事は確かに驚かせたかもしれないけどその反応はどうかと思う。とは言え、今はそれ以上に嬉しいのでスルーしてあげよう。

「ありがとう」

「……？」

「よしっ！　それじゃあ、わたしは行くわ。さらば少年！」

「え――」

視界の晴れた私は相当テンションが上がっていたのだろう。

まだ何か言っている少年の声は右から左、ドレスをたくし上げ走り出した私に『公爵令嬢マリアベル』の猫はどこにもいなかった。令嬢である前に三歳児だしね、私。

短い腕にドレスの裾（すそ）を抱えて、短い足を必死に動かし全力疾走。

向かう先？　それは勿論、お母様のお部屋。

×××××

「アン、お母様はおへや？」

お母様の部屋について、どっから出てきたのか分からない神出鬼没の能面メイド『アン』に問う。

勿論ドレスも髪もつく少し前に整えて、ね。何時からいたのか分からないアンにはバレてるかもしれないけど、言われないから気にしない。気にしたら負けだ、気にしたらキリがない。

「はい、そうですが……お嬢様、奥様は」

「そう、ならいいわ」

答えたアンの言葉を遮り、母の部屋の扉をノックした。

アンが何を言うかなんて、これまでの経験で想像がつく。忙しいとか、疲れてるとか、嘘か真か分からない理由で私をここから遠ざけるつもりなんだろう。

事実、ノックをした私に初めて能面が崩れた。予想外だったんだろう、お嬢様、と私を呼んだ声には焦りが窺えた気がする。感情有ったんだ……いや当たり前なんだろうけど、あまりにも能面過ぎて真面目に無感情なんじゃないかって疑ってましたよ。

「お母様、マリアベルです。はいってもよろしいでしょうか？」

「……マリア、ちゃん？」

「はいりますね」

「お嬢様――」

アンが止めるよりも早く扉を開けた。マナー的には問題だけどここで引いてしまっては前と変わらない。

止められるなら、止められる前に行動する。

少年と話して得た私の武器は荒削りすぎて諸刃(もろは)どころじゃないけど、今は諸刃だろうが逆刃(さかば)だろうが使わないと進めない。

扉を開けて中に入るとすぐに、窓際の椅子で本を膝に驚いた顔をした女性がこちらを見ていた。

久しぶり……なんて可笑(おか)しいけれど、私のお母様だ。絢爛豪華な部屋とは少しミスマッチな、派手と言うよりは清楚と言うべき出(い)で立ち。こちらを見て真ん丸くさせているパステルパープルの瞳も、記憶と違わない。

「しつれいいたします、お母様」

「マリアちゃん……どうしたの？」

突然の訪問にお母様も相当驚いているらしい。親子関係としては問題有りな反応だけど、今までの交流を思えば正常な反応だ。

軽くドレスを摘まみ上げて頭を下げる。了承無しに突撃お部屋訪問を強行した身として、最低限の礼儀だ。突撃している時点で礼儀云々(うんぬん)言える立場じゃないけど、その辺はスルー。

三歳の小さなご令嬢である私には今、幼さとスルースキルくらいしか武器が無い。自分で言って て何たる無理ゲー。しかし達成せねば私が殺られる。使える物は最大限利用しないと。

そうと決意したらもたもたしていられない。お母様の目を見つめ、私は口を開いた。

「わたくし、お母様にしつもんがございます」

「まぁ……何かしら？」

「お母様は……わたくしのこと、おきらいですか」

「っ……!?」

言えた。ちょっと噛んだけど、及第点だろう。まだ三歳なのだから言葉が滑らかに発音出来なく とも問題は無いはずだ。今回に至っては内容が内容だし、私が噛んだ事よりも余程重要な話だ。

娘から突然の質問……なのか微妙な発言にお母様は目を瞠った。驚いているのと、内容を理解し て悲しんでいる、そんな表情。

表情からすれば、嫌われてはいない……だろうか？　表情を鵜呑みにするなら、私には嬉しい結 果だけど……。

「ど、して……嫌いだなんて、そんな」

「ならどうして、会いにきてくださらないのですか」

そう、そこが私の楽観視を阻んでいる。

会いに来ても会って貰えない。会えなくても会いに来て貰えない。

どうやら私は自分で自覚する以上にストレスが溜まっていたらしい。傷付いた様な、心外だと言いたげな、お母様の表情がとても腹立たしく感じる。

嫌いじゃないなら、どうして会ってくれないの。会いに来てくれないの。

勝手に悲しそうな顔しないでよ、何もしてないくせに。会おうとも、話そうとも、行動しようともしてないくせに。私ばかり必死になって、あなたは待ってるだけ。それなのに自分だけ辛いみたいな表情しないでよ。

「わたしのほうが、ずっとずっとつらかった‼」

「マ、リア……マリアちゃ」

「さみしいのもつらいのも、わたしなのに！　マリアの方がいっぱいがんばって、いっぱいきずついたのに！　お母様がそんな顔しないで‼」

酷い癇癪だ。見た目が子どもだから許される、私の精神年齢を考慮すると暴挙と言える光景だ。泣き喚く私にお母様も泣きそうだ。お母様の場合は泣きじゃくる私の放った『本音』も原因の一つだろうけど。

私も初めて気が付いた私の……いや、『マリアベル』の本音。私自身と、この体の本来の持ち主である三歳のマリアベルの感情が混ざり、一つの声になってどんどん口から流れ出していく。

「マリアは、お母様がだいすきなのに……お母様にはなしたいことだっていっぱい……でも、お母様はマリアのことぎらいかもって、だから、いっぱいくるしくて」

嫌いにならないで、嫌わないで、大好きだから。

本当のマリアベルも、きっと三歳の頃思っていたのだろう。

私と同じように、お母様に嫌われているんじゃないか。

そして私以上に、不安で仕方なかったはずだ。

私と違って、本来のマリアベルは正真正銘三歳の幼子だったんだから。

不安で不安で、でもきっとマリアベルはそれを打ち明ける事無く、母も娘の不安に気付けずに……離婚を選んでしまった。理由は分からない、もしかしたらお母様も望んでいなかったかも知れない。でもマリアベルにとっては不安を確証に変える決定的な出来事。

嫌われていた。大好きな母に、愛されていなかった。

辛くて悲しくて……でも、嫌いになれなくて。行き場の無い想いが選んだ先が極端なまでの無関心。過去五周でなんの情報も無かった原因、予想の範囲内だが思っていた中で最も悲しい理由だった。

たたただ甘やかされたが故の性悪では無かったらしい。だからと言って許容される様な可愛らしい物では無いので過去五周に関しては『ざまぁみろ』としか思えないけど。

「そんな風に、思わせていたの……」

「っ……」

「……ごめんね、マリアちゃん」

泣き過ぎでしゃくり上がる呼吸、水っぽい鼻息。令嬢として、それ以前に女の子として、鼻水だけは耐えようと必死に顔に力を入れていると、ふわりとした柔らかい感触に包まれた。

「あなたは……私の全てだわ。心から愛してる、今までもこれからも永遠に……大好きよ、マリアベル」

抱き締められている。そう気付いてしまうともう駄目で、私の中の何かが溢（あふ）れた。

私であって、私でない。多分『マリアベル』にとってとても重要な何か。

父でも、能面メイドでも無い。切望し続けた母親の温もりに包まれる、欠けていた、欲しかった物を手に出来た。

『幸福感』とは、今この時の為にある言葉なんだと。

「お、かぁ……さま、おかぁ、さま」

「寂しい想いをさせてごめんね。マリアベルの言う通り、お母様が悪かったの」

「う、ぁ……うあああああ……っ」

髪をすく優しい手を、柔らかな笑みを、甘やかす声を、マリアベルは初めて聞いた。

私は知っている。物心が万全の状態で生を受けた私は赤ん坊の頃に与えられた恩恵を覚えている。

でも、マリアベルは。年相応の成長をしてきたマリアベルは知らない。私が期待を抱かずにいられなかった、あの優しい笑顔も、名前を呼ぶ声も。マリアベルは今、その全てを初めて知ったのだ。

ならば……仕方がない。

初めての母の温もりと、今までの不安を払拭（ふっしょく）する愛情を、存分に感じさせてやろう。

たとえ、後で我に返り逃げ叫びたい程の羞恥に襲われたとしても。

第五話 前進と後退の間

「っ……、ずっ」

「大丈夫？」

「あい……」

いいえ、大丈夫ではありません。今すぐ埋まりたいくらいには、羞恥心で一杯です。

泣きに泣いて約十分、ようやく泣き止んだ頃にはさっきまで『マリアベル』に同調していたはずの頭は冷え、私は羞恥に悶（もだ）える事になった。

……さっきのは何だったのだろう。

オートモードの時と似た、でも全く違う感覚。涙も、言葉も、勝手に出ているようであれは確かに私の……マリアベルの本心だった。身動きの取れないオートモードとは違う、私の意思でもあった行動。でも泣きじゃくったのも喚いたのも、あれは『本来のマリアベル』の行動であり想い。

自分であって、自分ではない。まるで私自身と本来のマリアベルが一つになっていく様な、不思議な感覚。

オートモードの時も、三年間の人生でも、感じた事の無い現象だった。

「――ちゃん……マリアちゃん、どうかした？　やっぱりどこか辛いの？」

「え……あっ、いいえ、だいじょうぶですわ」

心配だと分かりやすく表情を歪めているお母様に慌てて首を振った。

いかんいかん、今は他の事を考えている暇は無い。この最大のチャンスを逃せば後ろはもう断崖絶壁、下がった瞬間真っ逆さまに転落して、良くて大怪我下手したらそのまま御臨終だ。摘める芽は摘んでおかねば。

「おみぐるしいすがたを見せまして、もうしわけありません」

「いいえ……謝るのは、私の方だわ。娘の気持ちに気が付いてあげられないなんて」

いや、まぁ……過去五周のお母様になら多少の責任はあったかも知れないけど。三歳の娘に寂しい思いさせていた訳だしね。

でも、今回は歳相応のマリアベルでは無く『私』だ。そりゃあ寂しさがゼロだった訳ではないし嫌われているかもと思ったら悲しかったけど、中身は大人。内心を隠して笑うくらいの技能はある、はず。今さっき泣き喚いたから説得力無いけど、あれは私であって私ではなかったとノーカンにしていただきたい。

「……お話をしましょう。今からでも、沢山時間はあるわ」

「っ、はい……！」

優しく笑うお母様は数年前に見た姿と変わらない。

現在三歳。原作通りならば二人が離婚するまで後二年、既に原因があるのかそれともこれから浮上するのかは分からないが、一歩前進した事は事実。

私はようやく、踏み出す事が出来たのだ。

×　×　×

「うーむ……」

母の部屋で紅茶をご馳走になり、お話をして、夕食の時間になり……気が付けば外は真っ暗で、自室に帰って来た私は新たな問題に頭を悩ませていた。

お母様の部屋からそのまま食堂に向かった私達を待っていたのは、何の感情も窺えない無表情のお父様だった。横にアンが居たので、恐らくアンから私がお母様のところに突撃お部屋訪問した事を聞いたのだろう。

私にはベタ甘な父だが、さすがに今回の奇行は叱られる……なんて身構えていたのに、父から言われたのはまさかの一言。

『ベールデリアは疲れているのだから、あまり無理をさせるんじゃない』

苦い表情で一言。聞き様によっては私を母に関わらせたく無いのかと勘繰（かんぐ）らせる言葉だ。事実お母様はそう判断した様で泣きそうに顔を歪めていた。

美味しいご飯を家族揃って囲む団欒の時間がまるでお葬式の様に感じられたのは私だけではないだろう。

「なんか……思っていたのとちがう」

広げたノートに書かれたデータはきちんと更新されている。

今日の事を踏まえても、確実に前進しているはずなのだが……何故だろう、しっくり来ない。一番上のボタンのかけ間違いに似た違和感。

根本的な何かを見間違えている様な……。

「……まずはお母様のはなしをきかないと」

そう、それが私の第一目標。何度も何度も阻まれ、やっと実現に手が届いたのだ。迷っている間にそれらが無になってしまったら、泣く。私の意思で号泣する。

今進んでいる道が、整備された歩道になるのか命綱無しの綱渡りとなるか……全ては私にかかっている。どこかの命知らずなら綱渡りを選ぶかも知れないが、生憎私は命知らずでもなければマゾヒストでもない。健全な価値観を持った普通の女の子だ。

自ら険しい道を進むなんて、冗談じゃない。

「あした、お母様をたずねよう」

結局私が一人考えてもどうにもならない。

『分からなければ聞けばいい』は対人を得て発揮するスキルなのだから悩むだけ無駄だ。

ノートを見られない様引き出しの奥に仕舞い、私は布団をかぶった。

第六話　ケイト・エイリス

お母様との交流に成功した私は順調に前進しています。

……なんて、言えたらよかったんですけどね。

せっかくの前進が無になりそうな予感にドキドキなマリアベルです。何故そんなプチ窮地に陥っているのかは後程、本日はそれよりも余程重要なイベントが待ち構えているのです。

「マリアちゃん、大丈夫？　人が沢山いるから疲れてしまった？」

「いいえ、だいじょうぶですわ。お母様こそ、むりなさらないでね」

疲労と緊張で心臓が過剰運動しているのに、母を気遣えた私を誰か誉めてくれ。表情筋が苦痛を訴えている。これぞ正しく筋肉痛、先人はよく言ったものだ。

何故私がこんな苦痛に耐えなければならないのか。多少の事であれば幼児の権限を駆使して回避しているのだが、今回はそうもいかない。

何故なら、今日の主役は、私だからだ。

「マリアベル様、おめでとうございます」

「もう四つ……子どもの成長はあっという間ですね」

本日はテンペスト公爵家一人娘の生誕した日を祝うパーティー……つまり私の『お誕生会』だ。

規模が『お誕生会』なんて可愛らしい物でないのは、言わずもがな。四歳児の誕生日に両親、親族以外がわんさか……皆暇なのか。

誕生日なんてプレゼント貰えれば満足するのに、会まで開いて頂いて……始まって一時間とたっていないが既に帰りたいです。

美味しそうな料理やスイーツが目の前に並んでいるのに、ドレスに締め付けられた腹部は虫が鳴く隙間も無い。代わる代わるやって来る偉い人の挨拶は、どれも父に対する物なのに一応彼らの大義名分として両親の真ん中で笑ってなきゃいけない。

でも一番帰りたいと思うのは、偉い人の奥様方が来た時だ。

「マリアベル様は本当にご当主そっくりで、将来が楽しみですわ」

「ええ、本当に……瞳の色もそうでしたら良かったのに」

そう言った奥様方の目が見るのはお母様。その目が友好的で無い事は、馬鹿でも分かるだろう。

私が本当の四歳児だったとしても嫌な雰囲気は感じとったはずだ。

お父様の写しの様に、私はお父様そっくりだ。成長につれて顔立ちは変化していく物だけど、私の記憶通りなら十年後には父親の冷たい美貌を存分に受け継いだ美少女が出来上がるだろう。

そんな私の唯一お母様に似た所が、パステルパープルの瞳の色。目付きはお父様似のせいでキツいけどね。お母様に似たかった。

多種多様な色彩が許容されるファンタジー世界でもパステルカラーは珍しい。さっきからチクチク嫌味を言いに来る奥様方にはうってつけのネタだ。

私自身は父譲りの菫色の髪に合っているから気に入ってるんだけど。と言うか私からすればパステルカラーも青も緑も大差無い。

「…………」

「……お母様、だいじょうぶ？」

「ええ、大丈夫よ……マリアちゃん、お腹は空いていない？　ケーキもまだ食べていないでしょう？」

「へ……？」

「ご挨拶はお母様達に任せて、何か食べていらっしゃい」

いつもの穏やかな笑みは影を潜めて、ひきつった苦笑いは有無を言わさない雰囲気があった。

多分まだ子どもの私に大人の汚い部分を見せない様気を遣ってくれたんだろう。そうでなければあの優しいお母様がこんな強制する様な物言いをする訳がない。

「……はい。わたくし、ケーキをたべてきます」

お母様を置いていくのは心配だが、私がいても何も出来ない。いや、むしろ私がいればお母様を貶めるネタを提供してしまう。

そう思うと私は抗う訳にもいかず、ただその場を離れるしかなかった。

×　×　×

「……つかれた」

お母様に言われた通り、一通りパーティーを回ってケーキやら何やらを食した私は……疲れ果てていた。

皆の目当てはお父様だと思ってはいたが、読みが甘かったらしい。

私の父、つまりテンペスト家当主アスタキルア公爵は公爵という身分だけで見ても上位貴族であり、テンペスト家のネームを合わせるとさらに上位……物凄く簡単に言うと国の二番手、王族の次に身分が高い。

もちろん色々な役職、状況を踏まえれば変わってくるけど。私の知識じゃこれ以上の詳しい説明は無理なので諦めよう。つまりめちゃくちゃ凄い家、って事だ。

そして私はそんな家の一人娘、しかもご当主が溺愛する愛娘とくれば、誰もが特別視するだろう。いやはや迷惑。

しかも今の私は四歳児のガキだ。中身はともかく見た目は飴玉一個で落とせそうな幼女。

お父様は無理でも娘の私なら……なんて下心全開の大人達、そんな大人を親に持った子ども達が次から次へ。人間不信になりそうだった。下心は隠してくれないと怖い。

やっと撒けたと安心出来たのは、人気の無い裏庭に来た時だった。

「おなかはくるしいし足はいたいし……」

これが一年に一回……勘弁して欲しい。外交はよそでやれ。

「はやくおわらないかな……」

「何が？」

「っ……!?」

デジャヴだ。

いやデジャヴュだっけデジャブだっけ？　もうどれでもいいけど。つまりは既視感。あれれ前にも見た気がするなぁ、ってやつ。

あぁでも確かデジャヴって『一度も体験した事が無いのに、体験した事が有る様に感じる事』を言うんだよね。だったらこれはデジャヴでは無い。

誰もいないと油断していたら実は人がいた……前にも体験した事がありましたね。今度から『油断大敵』を座右の銘にしよう。

「きこえてる？」

「ききたくないけどきこえてます」

額に手をあて項垂れながら声の主を見ると、予想通り。

「またあなた……」

いつかの少年が、そこにいました。エンカウント率どうなってんの？　普段はそんなに高くないのに会いたくない時に会うって一番嫌なパターン。

「おれの方が先にいた」

「そうですか……」

またしてもか。私が周り見てなさすぎなのか？　いやいやこの子が影薄いんだろう。責任転嫁とか知らない。

「で、今日はなんでそんなに疲れてるの？　今日ってきみのたんじょうびなんでしょ？」

「へ……な、なんで知って」

「マリアベルさまのたんじょうびだからってとうさんがはりきってた」

「……とうさん？」

背筋に嫌な汗が流れる。

口調がくだけていたから勝手に平民か、貴族だったとしても下位だと思っていたけど……もしかして結構良いとこの子だったりするのだろうか。私の誕生会に呼ばれているなら、まず平民では無いだろう。

だとしたら非常にマズイ。私一応お嬢様なので。

「入り口のアーチ、あと会場のおはなも。おれのとうさんがそだてたやつ」

「…………」

ん？　アーチ？　花？

「カイト・エイリス。にわしをしてるんだ、おれのとうさん」

「にわ、し……にわ……」

にわし、二鷲、鰯……？

いやいや違う、テンパりすぎだ。大丈夫、私は冷静あいむくーる。

「にわし……って、おにわの手入れをしてくれている……？」

「それいがいにあるの？」

そうですね。でも『なに言ってんだこいつ』って目で見ないで欲しい。子どもに馬鹿にされるって辛い。

「あ……だからあの日ばら園にいたのね」

「とうさんのしごとがおわるまでひまだったから」

なるほど納得。そして一安心。

今回も前回も、私は偽り無い本性を少年に晒している。裏表が無いと言えば聞こえは良いが、上流階級でそれをするのは自殺行為……馬鹿のする事だ。でなければ貴族のご子息ご令嬢が、幼い頃から英才教育を受ける意味が無くなってくる。

私？　私は過去五回の（マリアベルの）経験を活かして四歳児に求められる程度の礼儀作法は完璧だ。あくまで四歳児程度だけど……基礎は出来ている、と捉えている。ポジティブ大事。

「そう……えっと、きみは」

「けいと」

毛糸？　え、編み物でもしたいの？

「ケイト・エイリス。五さいだからきみよりとしうえだよ」

「あ……そう、ですか」

正直五歳の子に歳上主張されてもピンと来ない。事実なんだけど……私の精神年齢を考慮してくれ。いや間違いなく事実なんだけどね？　私は今日四歳になった訳だから間違いなくケイト君は歳上です。たとえ五歳でも、歳上です。

「ケイト、くんは」

「ケイトでいいよ。いまさらけいごとかきもちわるい」

「……ではケイト、ここで何してるの？　パーティーにさんかしないの？」

「にわしの息子がさんかしたら色々いわれるから。当主さまは気にするなっていってくれたけど、まわりの目がやだった」

ズバッと物言う子だな……同意するけど。

「きみこそ、しゅやくでしょ。こんな所で何してるの」

「……まわりのみなさんがいわってくれるのはありがたいけど、うれしいかといわれればそうでもなく、つかれの方がまさるというか下心まんさいで来られると、少々どころでなくうっとうしいというか」

「うっとうしかったから逃げて来たんだ」

人が必死に誤魔化してたのに、あっさり言ってのけたなこいつ。事実だけど、事実だけれど言わぬが花って言うじゃないか！　……あれ、使い方あってる？

「だって、四さいになっただけでみんな大げさなんだもの。わたしにはもっとだいじなことが……」

「このあいだ言ってたこと？」

「……そう、ケイトのおかげでお母様とは仲良しになれたの、ありがとう」

「おれ、なんかしたっけ？」

「……わたしがありがとうって思ったから、それでいいのよ」

何か……マイペースな子だな。ペースが乱される、って言うか。五歳児って皆こうなの？　私、同世代と交流出来るかな……。

「でも、またあたらしくなやんでるというか……」

「おかあさん？」

「ううん、お父様」

第七話 石橋は壊れない程度に叩きます

そう、私の前進を阻んでいるのは、他ならぬお父様。お母様さえ何とかすれば良いと思っていた私には、まさかの伏兵だ。

楽観視は……してたけど。楽勝とか、ちょっと思ってたけど。

「おとうさま……って、当主さまか」

「そうよ」

私の父、アスタキルア・テンペスト。

テンペスト家の一人息子で、先代当主、つまり私のお祖父様が隠居したのを切っ掛けに後を継いだらしい。一人息子であり、元々才覚も優れていた事から親族からの反対も無かったそうだ。

家柄は完璧。頭脳も明晰。

これだけでも玉の輿狙いの女性が湧いてきそうなものだが、その二つがただの付属品に思えてくる要素が後一つ。

言わずもがな、容姿だ。まぁ、乙女ゲームの悪役美少女の父ですから、不細工だと格好つきませんよね。

でも父は娘の私から見てもとても格好いいと思う。

菫色の髪に濃く深い蒼の瞳。神々しい程美しいが、マリアベル同様恐ろしく目付きが悪い。流石親子、遺伝子って凄い。

そんな家柄頭脳容姿と三拍子が完璧に揃った父がモテないはずはない。妻子持ちの今でも攻略対象になれたんじゃないかと思うほど、女性から熱い視線を送られているんだから、独身時代はハーレムとか楽勝だったんじゃないかな。

しかしそんな最強武器を初期装備しながら父は遊び惚ける訳でもなく、真面目な学園生活、先代の秘書を務め二十三歳という若さで結婚した。

因みに同年、二十三の若さでテンペスト家の当主になっている。

なんと言うか……スペックえげつないな。分かってたけど。

これはマリアベルもファザコンになるよ。並みの男よりも自分の父親の方が格好いいとか、しかも自分の事を溺愛してるとか、マリアベルの理想もエベレスト級に高くなる訳だ。そりゃ攻略対象クラスじゃなきゃ恋愛対象にならんわ。

「何、こんどは当主さまにきらわれてるかもしれないの？」

「ちがうわ」

サラッと心を抉ってくるなこいつ。これで本当にそれで悩んでたら致命傷だったぞ。

「お父様はわたしをとてもかわいがってくれるわ。やさしくてそんけい出来るじまんのお父様よ」

「そんけい……？」

「お父様はすごい人だって事」

厳密には違うけど、ちゃんと説明すると余計に分からなくなりそうだからね。

「ふーん……なら、こんどは何かんがえてんの？」

「ぐいぐいくるね本当に」

何でこの子はこんなにも私に興味が有るんだ。

いや……目の前で悩まれたら、そりゃ気になるか。女の子同士でよくあるよね。何かあったって態度に出てるのに「どうしたの」って聞くと「何でもない」って返すやつ。私アレ嫌いなんだけど……ここで答えなかったら同じ事になるよね。

結局、話す事になる訳か。

「わたしにじゃなくて、お母様への事。何だか……あまり仲良く見えないなって」

お父様もお母様も、私には優しくしてくれる。

お父様に絵本を読んで貰ったり、お母様とおやつを食べたり、お父様とお話をしたり、お母様とお昼寝をしたり、良好な親子関係だと思う。二人共私をとてもとても大切に思ってくれているし、私も両親が大好きだ。

しかしそれは親子関係の事であって、夫婦関係では無い。

夫婦関係は……正直ヤバいと思う。

お母様は問題無い。私の最新黒歴史が効いたのか部屋に籠（こも）りっぱなしだった事が嘘の様に私と遊んでくれるようになった。よく笑うようにもなって、今では使用人皆に好かれる屋敷のアイドルだ。

お母様可愛すぎる。

問題は、お父様。

お母様が明るく、アウトドアをするようになればなる程反比例する様にお父様の機嫌は下がっていく。眉間に刻まれた皺がそろそろ心配になってきた。色男が台無しだ。

元々、お父様は愛想が良い方ではない。むしろ悪い方だ。

ただその美しい見目は笑顔など無くとも素晴らしい働きをしてくれる。才能と呼んで差し支(つか)えない手腕もあって、仕事面でその無愛想が仇(あだ)となった事は無いらしい。

とは言え、それはあくまで仕事面での事。

夫婦関係は仕事の様にいかないんですよ。

「お父様……なんだかお母様につめたい気がするの」

「当主さまが……？」

「ええ。それにお父様、使用人たちにもさけられてる気が……」

気、じゃなくてがっつり避けられてるけどね。

五歳児の前でそれを明言するのは憚(はばか)られるし、私自身も四歳だ。万が一誰かに伝わった時の事を考えると確定的な言い方はしない方が身の為。

「当主さま、おれにはやさしいけど」

「わたしにもとてもやさしいわ」

「でしょ？」

「でもなぜか、お母様にはきびしい事をいうの」

お母様が部屋に籠りっぱなしの頃は、そんな事は無かった。

と言うより、夫婦の会話自体がゼロだった。

私がいない所では……なんて希望も持っていたけど、お母様と初めて腹を割って話した日の晩餐にて打ち砕かれた。

そしてお母様への厳しい態度が使用人達にも不信感を与えた様で、お父様は段々、元より少なかった使用人達との交流を無くしていった。つまり、避けられてる。今お父様に話しかけるのは限られた極々数人、恐らく片手で収まる人数だろう。勿論私込み。

お父様がぼっちって……マリアベル、遺伝子レベルで素質あったんだなぁ。嫌過ぎる。

「ふたりともわたしを介さないとはなさないし、ふたりでおでかけ……いっしょに居るところを見たことがないわ」

「仲悪いの？」

「………」

デスヨネー。

やっぱり誰が聞いても仲悪いと思いますよね。私の見当違いでは無かった様で、全く嬉しくない。

「そう……思うわよね」

「おれも思うし、子どものきみもそう思うならまちがいないんじゃない？」

これが漫画だったなら私の体には何本もの矢が刺さっていた事だろう。

この子ある意味凄いね。五歳でここまで人の急所を突けるとは、お姉さんは君の将来が心配だよ。

「で、どうしようかって？」

「いいえ、今回のかいけつ法は分かっているの」

「……？」

「ただそれをじっこうして、もししっぱいしたら……」

それこそ、前進が無になるどころか後退してしまう。

二人が離婚するだろう五歳まで後一年。正確な日時までは分からないがマリアベルが五歳になって間もない頃だったはず。それまで騙し騙しいけないだろうか、とも思う。

ビビり？　チキン？　何とでも言え。マリアベルの中にいたから苛めも脛かじりも何とも思って無かったが、本来の私は、石橋を叩いて叩いて最終的に他の道を探す様な人間だ。

出来る事なら、危険と面倒は避けて避けて生きていきたい。

「しっぱいがイヤだって言ってる内に、もっとたいへんなことになるかもしれないよ」

「……だ、よね」

そう、それが問題だ。

約一年後凌げなかった時どうするか……何より二人が五歳を過ぎたら離婚をしないという保証は無い。私の記憶違いが無いとも限らないし、ゲーム通りに事が運ぶとも……私のオートモードが切れた時点で断言出来ない。

それに今のままだとお母様が何時お父様を嫌いになってもおかしくないし……離婚してもお父様なら後釜候補に事欠きはしないだろう。ゲームでは父子家庭だったたし、子がいればわざわざ再婚せずとも問題無いのかもしれない。

「……どうしよう、わたしが困るてんかいにしかならない」

二人の離婚阻止は、私がこれから生きる上で必要不可欠な保険だ。

『オートモードに戻った時』、『再びオートモードが切れた時』を不安に思って生きるなんて絶対に嫌。そんなストレス耐久生活ならヒロインにも攻略対象にも会わない様引きこもった方が余程健康的だと思う。

そうならない為にも、二人には良好な関係でいてもらいたい。

「……やるしか、ないかぁ」

「なにが?」

「そうときまれば、じゅんびしなきゃ……アンにたのめば……」

「だから、なにを——」

「ケイト」

訝しげなケイトの声を遮って、私は笑った。

今まで悩んでいたはずの人間が変わり身の早い事、なんて自分でも思うけど、決めた事に対して考え出すとまたぐだぐだ悩んで決心が鈍る。

ビビりだしチキンだし、危険と面倒は避けるべきだと思うけど。

石橋を叩いて叩いて最終的に他の道を探す様な人間だけど。

「あなたにも、協力してもらうわよ」

他に道が無ければ石橋のど真ん中を渡ってやるくらいの度胸はあるんですよ？

第八話　一か八か

急がば回れ。急いでいる時ほど横着せずに安心安全な道を選びなさい。

先人はよく言ったものだ。何か前にもこんな事思った気がするけど、過去は振り返らない方向で。

今の私に、回っている暇は無い。

鉄は熱い内に打て、だ。

「お母様、お父様」

「マリアちゃん、どこに行っていたの？」

ケイトへの根回しを終えて戻った時にはもうパーティーはお開きになっており、残っているのは片付けをしている使用人達と私を待っていた両親だけだった。

一応主役を余所(よそ)においても散会するなよとも思ったが、元々建前でしかない四歳児のお誕生日会だ。遊びに出た子どもを待ってくれる人などいないだろう。

それに、今はその方が都合が良い。

「お料理やケーキは食べられた？　途中から姿が見えなかったけれど……」

「えぇ、おなかがいっぱいで苦しかったから外で休んでいたの」

「そう。なら良かった」

私の言葉に緊張の面持(おもも)ちだったお母様はホッと息を吐いた。

どうやら料理の並ぶテーブルに私の姿が無かった事が不安だったらしい。

心配性だな、なんて思ったのは一瞬で。今日四歳を迎えた娘が視界からいなくなればそりゃ不安だよね。

娘じゃなくても子どもの一人歩きは怖い。たとえ敷地内であろうとこんな広すぎる屋敷の敷地内なんて外と同じだ。勿論その分警備は万全なんだろうけど、そういう問題ではないのだろう。

「今日は疲れたでしょう。お風呂の準備は出来ているから、早くお休みなさいな」

「ありがとうお母様」

中腰になって話すお母様の後ろでは、お父様が秘書のオルセーヌさんと話している。

うん、こっち見てないな……。

お父様との距離を慎重に確認しながら自分の口元に手をかざす。分かりやすい内緒話の格好に、お母様の方から私の口元に耳を持ってきてくれた。

「あのね、マリア、お母様におねがいがあるの」

「お願い？」

出来る限り子どもっぽく、可愛く幼くを心がけて。これは子どもの無邪気なお願い、なんの他意もありませんよー。

下手に勘付かれたら、計画したのが四歳の子どもだって事でうやむやにされかねない。

正常な思考と理性は奪ってしまうが吉、今回の場合は大吉のはず。

「あのね、明日――」

誰にも……特にお父様に聞こえないような小さな声で言った私のお願いに、お母様は何の疑いもなく、何時も通りの優しげな笑顔で頷(うなず)いてくれた。

次の日のお昼、私は大きな鞄を持ってお母様の手を引いていた。

「マリアちゃん、そんなに慌てなくても」

「あわててないけどいそがないと」

「……？」

小走りに廊下を進む私にお母様はきょとんと首を傾げたけれど、不審に思った訳ではないらしく何も言ってこなかった。

子どものやる事なんて、大人の想像を軽く越えていく。そういう事にしておけばどんな不測の事態も『子どもだから』で済んでしまうから素晴らしい。

現金と言われようと今の私にとって四歳児の自分は最高の装備だ。

「ここよ、お母様」

「中庭に来たかったの？」

目的地は、四方を囲まれた文字通りの中庭。広すぎる我が家では、中庭も裏庭も多すぎる広すぎるが、今回はその中でも屋敷の中心にある一番小さな場所をセレクトした。

理由？　逃げやすいからですけど？　広くて障害物が無い場所だと不利なので。

お母様と繋いでいた手を強く引いて、連れていくのは中庭に備え付けられたベンチ——に座っている人物の前。

「おまたせしてすみません、お父様」

「マリア……お前」

「キルア様……？」

お互いを見つめて、驚きを隠せないでいる両親。

同じ屋敷に住んでいるのに顔を合わせただけでこんなに驚くって……あんたら本当に夫婦か。よく私産まれたな、いやマジで。

「マリアちゃん、これは……っ」

「お父様、お母様」

お母様が驚いている間に手を放して、一歩一歩後ろに下がっていく。

日除けのある渡り廊下に立って、こちらを見る二人にはっきりと、言った。

「マリアは家出させていただきます」

×　×　×

昨晩、デカ過ぎるお風呂は何時も通り落ち着けない物だった。能面メイドのお手伝い付きだから余計に。子どもの手って小さいよね嫌になっちゃう。赤ん坊の時の羞恥心に比べたらマシだけど。

小さな手に相応(ふさわ)しい小さな頭を洗われて、ついでに体も洗われて、ふかふかのタオルでくるまれた後、四歳児に不相応なシルクのパジャマを着させられ……今。

私がいるのは自室ではなくお父様の、秘書の、部屋の前。

数回のノックに「はい?」という声が返され、扉を開いてくれた声の主は、数回キョロキョロした後目線を下げてくれた。

小さくてすいません。

「……マリアお嬢様?」

「おそくにすみません、オルセーヌさん」

父の秘書、オルセーヌ・エリックさん。緩くまとめられた腰まであるオレンジ色の髪、髪と同じく鮮やかな瞳、片目に貼り付けられた黒い眼帯がミステリアスな美青年。お父様の幼馴染みでもあるらしい。

本当は呼び捨てで呼んで欲しいって言われてるんだけど……お父様の同級生を呼び捨ては流石に出来ないからね。無邪気な四歳児なら呼べてたんだろうけど、そこまで順応出来ないですごめんなさい。

「……とりあえず中へどうぞ。お風呂上がりで風邪を引いてはいけませんから」

「はい」

良かった、追い返されなくて。

一応お嬢様と一使用人の立場だから少し心配だったけど、よく考えたら立ち話の方な失礼になる……のか？

どっちにしても四歳の女の子を部屋に招き入れたところで下世話な噂なんて立ちようもないだろう。

オルセーヌさんはロリコンですって噂が立ったらヤバイけど……オルセーヌさんの外見ならロリコンじゃなくて子ども好きになるだろうし、心配無用。女のイケメンへのフィルターって凄いし。

「生憎珈琲（コーヒー）しか置いていませんから、何か飲み物を持ってこさせます」

「大丈夫です……ないしょのおはなしなので」

「……分かりました」

私をソファに導いて、目線が下になるように屈(かが)んでくれる。女の扱いに長(た)けてらっしゃる。柔らかく細まったオレンジの瞳が何とも優しげで……普通の四歳児なら王子様みたいとか胸を高鳴らせている所だ。

今の私は四歳児に擬態(ぎたい)しているだけの大人だし、ドキドキ胸を高鳴らせている場合でもないけど。

「オルセーヌさんにおねがいがあって、来ました」

「はい」

「明日、お父様を一日お休みにしてください」

「……はい？」

私からのお願い、それは明日、お父様の予定を空っぽにする事。

本当は明日って限定したくなかったけど……お父様は我が家の当主だし、偉い人だし。だからって何時になるか分からないお父様の休みを待ってもいられない。

待っている間事態が動かなければ良いけれど、後退する可能性が大なので。私の心はそこまで耐久性に優れていない。

「……マリアお嬢様に寂しい思いをさせてしまったのであれば申し訳なく思います。キルア様とも相談して日程を調整いたしますからそれまでは――」

「わたくし、明日家出するんです」

「へ……?」

「お父様とお母様はおはなしすべきです。お二人はわたくし無しではおはなししません、でもわたくしがいても自分の気持ちをはなそうとしません」

私を介して話す二人は、私がいるから腹を割って話そうとしない。

四歳の娘に明け透けな夫婦の会話を聞かせる訳にはいかないと思っているのかもしれない。

なら、私が家から離れるのが一番だ。

「友人に言われました。わたくしの両親は仲がわるいのかと」

『言われた』というより『言わせた』って感じだけど。

「わたくしもそう思いました」

話さない、出掛けない、目が合う事すら少ない。

夫婦じゃなくて友達、下手したら知り合い以下の交流しかとらない二人。

あれで『お父様とお母様は仲良しなんだね』なんて言えるのはリアル四歳児でもあり得ない。現実逃避がお上手ですねと返す以外無くなってしまう。

「だから二人が、二人でおはなしできるようにしたいのです。家出先はオルセーヌさんだけにおしえておきますので、きょうりょくしていただけませんか」

してくださいお願いします。

その意味を込めて、頭を下げた。オルセーヌさんの方が下にいるから項垂れたように見えたかもしれないけど。

どれだけそうしていたのか。私の方は緊張のドキドキで物凄く長い時間がたった様に思えたけど、実際は物の数秒だったんだろう。

「……分かりました」

つむじが受け止めた声は優しくて、勢いよく上げた視線はオレンジ色とぶつかった。

「仕事は明後日からキルア様に頑張っていただきます。私も、二人の事は気にしていましたし……マリアお嬢様にそんな心配をさせるなんて、親として問題ですからね」

「あ……ありがとうございます‼」

「いいえ」

上げた視線をまた勢いよく下ろすと、後頭部に優しく髪を撫でる感触が。

頭を撫でられている。女子高生だったらキュンポイントだったけど今はそれどころじゃない。

「では家出先と……マリアお嬢様の作戦を教えていただけますか？」

「はい！」

というわけで、私は頼もしい味方を得る事が出来た。私の計画を軸にオルセーヌさんがお父様とお母様の逃げ道を防ぎ、穴を全て埋めて、私には分からなかったお父様の情報……性格を盛り込んだ作戦は完璧と言って良いだろう。

これで失敗したら、もう諦めるしかない。

第九話 駆け込み寺

こうして『両親仲直り作戦～娘は家出編～』が決行される事となった。

私の家出発言に両親が反応も出来ないほど驚いている内に、背を向けて走り出す。宣言をしたら駆け込み寺に逃げ込む、それが私の仕事だ。

計画者なのに仕事が少ない……なんて思ったけど、私が入り込みすぎると今までと同じ、二人は子どもの前だからと本音を隠してしまうかもしれない。

振り返りたい気持ちを堪えて、私は足を早めた。

×　×　×

家出と称してはいるものの私の駆け込み寺は敷地内にあったりする。

場所は住み込みの使用人が暮らす建物で、外見はお洒落(しゃれ)なアパート、その中の一室。

呼び鈴に手を伸ばすと、カンカラーン、と甲高い音が響いた。今が明るい時間帯で良かった……これ夜中だったらご近所トラブルの火種だったよ。

「はーい……？」

「マリアベルです」

子どもの声で返答、扉が開いた先にいたのは予想通りケイトだった。

「はやかったね」

「おせわになります」

私の駆け込み寺はケイトの家。勿論ケイトのお父さんにも了承は貰っているしオルセーヌさんからも話がいっているはず。

実行も居場所も報告してある、何とも良心的な家出だ。

「とうさんはまだしごとだから、てきとうにくつろいで」

「おじゃましまーす」

白を基調としたカントリー風の内装で、絢爛豪華な我が家と比べると些か地味ではある。

だがしかし、私が求めていたのはこれだ。理想を言えばもっと地味でも良い。シンプルイズベスト、良い言葉だ。

自室に始まり我が家の内装は目に優しくない造りだったから、それがこの世界の標準装備なのかと思ってたけど違うんだね。良かった、夫婦仲が改善したら模様替えさせてもらおう。

「荷物はそれだけ？」

「えぇ、一日ならそんなにいらないかなって」

私の持っている鞄にケイトが少し驚いた様子で言った。

一応ご令嬢の立場だからもっとでっかい荷物を持ってくると思ってたらしい。

そりゃ私が大人だったらもっと……大きな旅行鞄並の荷物があったかもしれないけどさ、四歳児だし、化粧品もヘアアイロンも必要ない。

いや、天然パーマに悩まされる私としてはヘアアイロンは必須なんだけど……四歳の手じゃどう頑張っても使いこなせないからね。

「ドレスとか、お手伝いの人がもってくるのかとおもってた」

「一応家出だから。ここに来ていることはオルセーヌさんにいってあるけど」

「それって家出?」

「お父様達はしらないから、家出のはんい内よ」

私が荷物を移動させている内に用意してくれたのか、振り返るとテーブルの上にマグカップがのっていた。意外と気が利くんだね。今まで結構失礼な事言われてたから、見直したよ。

「ありがと」

「りょくちゃしかないけど」

「わたし、りょくちゃ好きよ」

そう言ってから一口飲んだ緑茶の味は、やっぱり私の好きな味だった。

この世界で、貴族の飲み物の主流は紅茶だ。その為様々な種類や銘柄への探求が止まらない。私が寝る前に飲むミルクティーも様々な銘柄が用意される。違いが分かった事無いけど。

逆に、緑茶は庶民の飲み物だ。その為種類も銘柄も限られてくるし、量産品なせいか味も平均的。令嬢としてそれなりに贅沢をしている私の舌には合わないはずの代物。

　でも私はこの安っぽい味が好き。

「こっちの方がおちつく。良いものはおいしいけれどきんちょうしちゃうから」

「おじょーさまなのに？」

「おじょうさまだからよ」

　作法に気を遣わないといけないし、味の違いを繊細に感じ取らないといけないし、面倒臭くて仕方ない。特に味覚に関して私はかなり大雑把（おおざっぱ）だ。

　高くても不味い物もあるし、ジャンクフードを美味しいと思う事だってある。分かりやすい味付けが好きなせいか、繊細な高級料理は正直難しい。

　マリアベルだったらそんな事無いんだろうけど……味覚なんて操作出来るものでも無いし。

「たいへんだな、おじょーさまも」

「楽もさせてもらっているから文句言えないけどね」

　お金に困らず、私の将来の為に投資も惜しまない。大人だったらプレッシャーになりかねない背景も子どもの内は最強の後ろ楯（だて）だ。

　死亡フラグをへし折らなければならない身分としては特に、攻略対象に意見出来る身分と、保険と実益を兼ねた将来の勉強をさせてもらえる現状は大変だけど不満は無い。

「……あとはお父様とお母様が仲よくなってくれたらいう事なしね」

「今日一日でかいけつすると良いね」

「する！　絶対‼」

というかしてくれないと困る‼

お父様のスケジュールは今日しか押さえてないんだから。オルセーヌさん、どうかよろしくお願いします……‼

心の中で合掌していた私の心労が解決するのは次の日。

笑顔で並んだ二人に出迎えられ、その斜め後ろに控えたオルセーヌさんがしっかりと頷いてくれた事で成功を確信した時だった。

第十話　君と見る月はいつだって美しい

「マリアお嬢様に帰って来て欲しかったらきちんと話し合ってください。大丈夫、キルア様のスケジュールは押さえてありますし、お嬢様の家出先も把握(はあく)しています。……四歳の娘に心配かけてんじゃねぇよ」

マリアの家出宣言に呆けている最中、オルセーヌは言いたい事だけ投げつけて去って行った。最後の方だけ声の低さが三割増しだったのは気のせいでは無いだろう。

話し合えと言われた手前二人とも立ち去る事が出来ず、ベンチに腰を下ろした。隣り合ってはいるが、ベールデリアは端ギリギリまで寄っているし言葉を交わす事も無い。冷ややかな沈黙。

先程のオルセーヌの言葉をそのまま受けとるなら、マリアは俺達を心配し、その末に家出をした……という事なのだろう。

心当たりは、数え切れない程ある。

自分とベールデリアの間にあるのは高く分厚い岩壁だ。勿論ベールデリアに非は無い。本(もと)を正さなくとも悪いのは俺で、ベールデリアは被害者と言っても過言じゃ無い。

俺の妻になってしまった、俺に選ばれてしまった。

あの日、俺は彼女を見つけてしまった。

×　×　×

二十三になったばかりの頃、父である先代テンペスト家当主について参加したパーティー。何のパーティーだったかは忘れたが、覚えていないという事は大した名目ではなかったのだろう。

当時の俺はまだ当主ではなかったけれど次期当主になる事は確実で、商(あきな)い目的だけでなく縁談目的の者も俺の周りに群がってくる。そんなパーティー会場は正直退屈で窮屈で、いつも憂鬱な気分が拭(ぬぐ)えなかった。

だからこそ、鮮明に覚えているのかも知れない。

変わらない視線。変わらない会話。俺を取り巻くものはいつもと何も変わらない。

違ったのは、一人。

ベールデリアだけが、俺の知る全てと違っていた。

ドレスも装飾品も、化粧にさえ派手さは無い。自ら飾り立てる事を放棄した様な出で立ちは他の参加者よりも圧倒的に劣っている、俺の知る『令嬢』のイメージとは程遠い姿。


――美しいと思った。生まれて初めて、人に見惚れた。


何故と聞かれても分からない。俺が聞きたいくらいだ。

何故あんなにも強烈に彼女に惹かれたのか。何故吸い寄せられるみたいに彼女から目が離せないのか。

その理由は二日後、幼馴染みが教えてくれた。

空気を吐くのと同じ軽さで、むしろ何故分からないのかと言わんばかりに。

その次の日、彼女の名前を知った。

ベールデリア・ウィンプト、伯爵家の長女だと。

そしてその三日後、俺は彼女と再会する。

×　×　×　×

沈黙がどれくらい続いただろう。彼女が緊張している事が全身から伝わってきて。

先に耐えきれなくなったのは俺の方だった。

「俺と……初めて会った日を覚えているか」

「っ……も、勿論です。御目見得の時——」

「違う」

「へ……?」

「その一週間前だ」

俺の言葉にベールデリアは焦った様子で視線をあちこちにさ迷わせる。自分の記憶を遡っているんだろう。取り出した以外の記憶に俺が混じっていないかどうか。

でもどれだけ思い返そうと意味は無い。ベールデリアにとっての解答は、さっきの彼女の答えで正解なのだから。

ただ俺にとっては。

俺にとっての正解は。

「目通りの一週間前にあったパーティー、そこで俺は……君を見つけた」

「パーティー……」

「あぁ。だから君との縁談を希望した」

「………………え？」

「君と結婚したいと思ったから、俺が君を指名した」

貴族に生まれながら二十三歳になっても恋人も許嫁もいなかった俺が、希望した縁談にテンペスト家は反対する事は無く、伯爵であるウィンプト家が公爵家との縁談を断る訳も無く、俺達の結婚は纏（まと）まった。

ただ一人、当事者であるベールデリアの気持ちだけを置き去りにして。

「……すまなかった」

立ち上がり、彼女の前で頭を下げた。

ベールデリアが戸惑う雰囲気が頭頂部に伝わってくる。

「キルア、様……」

「聞かなければいけなかったのに、一番優先しなければいけなかったのに、俺は……君の気持ちを考えようとしなかった」

顧みるべき全てを無視して、ただ自分の気持ちだけを優先して、見るべき物に蓋（ふた）をした。

外堀を埋めて、権力で追い詰めて、相愛であるはずの婚姻を一方的に押し付けて。

「今更（いまさら）謝っても仕方ないとは思う。俺のした事は……ただの暴走だ」

無理矢理に押し通した結婚で、彼女の気持ちを汲み取る事無く突き進んだ。本来なら殴られて然（しか）

るべき暴挙だ。

好かれるわけがない。嫌われても仕方がない。

分かっている。ちゃんと、分かっているけど。

「それでも俺は、君の事が好きなんだ」

×　×　×

「…………」

呆ける、というのはこういう事なのだろうか。

衝撃のあまり考える事を放棄した思考回路をキルア様の言葉が回っている。

好きだと……彼は、私を好きだと言った。

妄想でもなく、幻聴でもなく、確かに私を好きだと。

「……ほ、ほんとうに」

声が震える。いや声だけじゃなく、冷えて色も温度も失った指先も。両手を握り締めたら拳ごと震えだして、自分がどれだけ動揺しているのかを自覚した。

嘘じゃないのか。都合の良い夢ではないのか。そう勘繰ってしまう私をキルア様は真っ直ぐに見詰めてくる。

美しい碧眼。その目付きを怖いと言う人もいるけれど、私は、その瞳に映る事を切望していた。

夢じゃない。嘘じゃない。妄想じゃない。幻じゃない。

これは、現実だ。

十九歳で結婚して、夫婦となって、マリアが生まれて。字面では順調に見えるかもしれないけど、現実はそんな綺麗には進まない。

「……嫌われているんだと、思ってました」

姿と名前は知っていた、でも話した事のない雲の上の人、それが十九歳の私にとってのキルア様。縁談が来て、そのまま家柄上避ける事も出来ず結婚はしたけれど、いつだって誰にも聞けない疑問符が心の中を巡ってた。

どうして私を選んだのか。私は地味で、特別美しくもない。特異な瞳の色をしているが、それについてはむしろ蔑(さげす)まれてきた。王子様が見初(みそ)めるべきお姫様には絶対になれないのに。

だから、思った。これは政略結婚なのだと。

きっとキルア様だって私となんて結婚したくなかった。本当はもっと美しくて聡明な女性の方が良いに決まってる。それこそ結婚する前にも後にも絶える事無く彼を取り巻く美しいご令嬢達の様な。

一度火のついた思い込みは消えず、思い込んでしまえばキルア様とも上手く話せなくなって……惑う私に彼は優しくしてくれていたのに。

気が付けば、夫婦としての関わりをほとんど失ってしまっていた。

「迷って、立ち止まって、歩み寄ろうとしてくれた貴方を上手く受け入れられなくて……結婚した事を後悔しているんじゃないかって」

沢山良くしてくれたのに、優しくしてくれたのに、全て突っぱねてしまっていた。若かったと言ってしまえばそれまでだけど、そこで失ったものを思うとどうしても辛い。

話す回数が減って、会う回数も減って……気付いたら取り返す事の出来ないところまで来ていた。

「何度も何度も、話さなきゃって思ってました。その度に進み方が分からなくて立ち止まって……こんな想いを、させていたんですね」

ずっとずっと、歩み寄ろうとしてくれたのはキルア様だった。それを突っぱね続けておきながら彼が歩みを止めた途端にすがりたくなるなんて、傲慢（ごうまん）にも程がある。

甘えてばかりで行動しなかった。私のその自分に対する甘さが、マリアを不安にさせたのだ。まだ四歳の愛娘。お父さんにもお母さんにも甘えて甘やかされて、ただ笑顔で育つ事が仕事であるはずのあの子に、私はしなくていい心配をさせた。

そしてこれは、マリアがくれた最後のチャンス。

無駄にしたら、私にマリアの母を名乗る資格はない。

「確かに……あの御目見得の時、私にあったのは政略的な考えだけで、恋愛感情なんてどこにもない、ただ疑問しかない婚姻でした」

「…………」

私の言葉に、キルア様の表情は変わらない。当然だと、そう思っているんだろう。ただ少しだけ、悲しそうに瞳を細めただけ。

刃のように彼を傷付ける言葉。言わなければいけない確かな事実。あの頃の私の正直な気持ち。

家柄も容姿も優れている雲の上の人。沢山の人から恋慕と羨望を寄せられる人。でもだからってすぐに愛し焦がれるほど、私は恋愛に慣れてはいない。

十九歳の私は確かに彼を愛してはいなかった。

「でもそれは、十九歳の私の気持ち」

あれから、月日は流れた。

十九歳の私は、とうの昔に消えている。

「今、私は、キルア様との結婚を後悔していません」

十九歳の頃、貴方を想えなかった事が嘘じゃないように。

今、この時、この瞬間、僅少の後悔もない。

「私は……私も、キルア様が好きです」

傷付けていた事にも気付かずに、傷付いたと思い込んでごめんなさい。出会ってくれて、想ってくれて、望んでくれてありがとう。

全部全部今更だけど、もっと早くに伝えなきゃいけなかった事だけど、言わずにはいられない。

その日、結婚してもうすぐ六年になる私達は、初めて想い合っていたのだと知った。

第十一話　一難去って、十難くらい一遍に来た

予定通り一日で終わった家出から帰った後、私達の親子関係は劇的に変わった。勿論、良い方向に。

「キルア様、そろそろお仕事に行かれませんと」

「オルセーヌさんがおむかえにきてますよ」

「今日は休んで――」

「さっさとしろ阿呆当主」

一番変わったのはお父様。今までの冷ややかな空気は影を潜め、甘やかな眼差(まなざ)しを惜しむ事がない。私に対しては正直そうでもないけどお母様に対しては天と地程の差。変わりすぎて原形が……

お父様が冷徹だって思っていた使用人の間では「キルア様は壊れてしまったんじゃないか」なんて噂が流れているくらいだ。オルセーヌさんは心の底から呆(あき)れてたけど。

私が家出していた時の事は後からオルセーヌさんに教えてもらった。

不仲だ……と、思われていた原因は単なるすれ違い。相思相愛だったのだが、こじれにこじれてお互いが嫌われていると勘違いをしていたらしい。

お母様の気持ちを蔑(ないがし)ろにして結婚した事を悔いていたお父様。

自分に自信がなく、政略結婚だと思い込んでいたお母様。

お父様はお母様が自分を嫌っていると思い出来るだけ関わりを絶ち、お母様はそのお父様の態度に嫌われたのだと勘違いして萎縮していく。お母様と私が関わるのを嫌がっていたのは、私がお父様にそっくりだから気を回したのだとか。

見事なすれ違いっぷり。少女漫画かとツッコミたかったけど、少女漫画じゃなくて乙女ゲームでしたね。

二人して悪循環を回りに回って、五周目までは離婚という結末を迎えてしまった。

でも今回は何も心配いらない。悪循環は取っ払ったし家族仲も夫婦仲も良好。

お父様のお母様と私に対するデレデレっぷりを見ていた使用人達もお父様への認識を改めたらしく、お父様に子育てや夫婦生活のアドバイスをしたり、お父様からも何かと相談したりと隔たりは木っ端微塵に消え失せたようだ。

お母様と遊び、使用人達に見守られ、お父様に甘やかされ、そんなお父様と一緒にお母様に叱られ……そんな日々の中で、気付いたら私は六歳の誕生日を迎えていた。

五歳で両親が離婚する、という『悪役令嬢マリアベル』の過去が変わった。そして私にとってもっとも重要な第一関門を突破出来た。

その事実に、私は心から歓喜した。

これで後はゲームの登場人物となるべく距離を取り、立場上無関係にはなれなくても表面上は穏やかに見えるうわべだけの付き合いをすれば良い。私がいなくともあれだけ見目麗しい美形達であればライバルには事欠かないはずだ。

私は目立たず、邪魔せず、彼らの恋愛模様を陰から見守ろう。噂を又聞くくらいの距離が理想だ。

簡単な事……なんて、思っていました。はい、過去形です。

×　×　×

この世界の学歴は少し不思議だ。貴族と平民では貧富の差があるのは珍しい事では無いとして、身分の差と学歴の差がイコールしないという点が。

この世界では、貴族が初等部に行く事はまず無い。初等部生と呼べる期間は皆専属の家庭教師をつけ、学業から礼儀作法まであらゆる事を『自宅』で学ぶ。そして中等部生の年齢になると魔法を学ぶ為、アヴァントール学園へと進学するのだ。

逆に平民や位の低い貴族は初等部に通い、ほとんどの場合がそこが最終学歴となる。

そして私は六歳を迎え、平民であれば初等部に通い出す年齢だ。貴族の子どもは学校に通う訳では無いので決まった入学時期があるわけではなく、『六歳から七歳になるまでの期間中に専属家庭教師を雇う』という、かなりアバウトな始まり方をするのだが、逆に言うと六歳の誕生日を過ぎた今、いつ家庭教師を付けられてもおかしく無い。

私自身そろそろ来るだろうと覚悟はしていた。

でも、だけど、しかし！　何故この人選なんですか⁉

「お初にお目にかかります、マリアお嬢様」

プラチナブロンドの髪と黄金に輝く瞳。まだ年相応の幼さが目立つが、それでも十二分に美しい少年が私の前で跪(ひざまず)き頭(こうべ)を垂(た)れている。

「私はグレイアス・ファニー・サンドリア」

知ってます。私の記憶に一番新しく残る、マリアベルの、失恋した相手。

つまり、攻略対象者。

何故、この人がここにいるのか。

「本日よりマリアお嬢様の家庭教師を務めさせて頂く事になりました。よろしくお願い致します」

「……あ、はい」

口許(くちもと)を歪め、何とか笑みを浮かべはしたが内心は混沌だ。

誰か助けてください。もしくは、泣いても良いですか？

第十二話　駆け込み寺と書いて避難所と読む

グレイアス・ファニー・サンドリア。

『LinaLia』の攻略対象四人をクリアすると解放される隠しキャラ。アヴァントール学園の聖属性魔法教員。女好きで軽薄、面倒見が良く平民ながら天才的な魔法能力の持ち主。解説書の登場人物頁参照。

そして私が最も関わりたく無かった人物である。

他四人を攻略するとルートが解放される隠しキャラ『グレイアス』は、隠しキャラに相応しく難易度がかなり高い。

一つでも選択肢を間違うと問答無用でバッドエンドへご案内されちゃうくらい、と言えば分かりやすいだろう。そして私の言いたい事も理解して頂けたと思う。

バッドエンドの可能性は、そのまま私の命がエンディングを迎える可能性でもある。

出来る事なら一切合切関わりを絶ちたいが、難易度に比例して悪役の活躍シーンが多い。彼のルートは黒歴史と死亡フラグの量産源だ、潰れれば良いのに。

唯一の救いはグレイアスは教員であり担当は聖、私は生徒で魔法属性は真逆の『闇』である事だろう。

私さえ気を付けていれば、向こうから関わる理由が無い。

一番関わりたく無いが、一番関わる理由が無い。

そう思って、安心していたのに……。

「マリア様、出来ましたか?」

「あ、はい……」

私の自室にて、私の手元を覗き込んでいるのは、その『最も関わりたく無かった相手』である現実をそろそろ受け入れねばなるまい。

因みに、グレイ先生が家庭教師になって今日で一ヶ月です。

おおよそ勉強には向きそうに無いアンティーク風のハードカバーノートには、今教わったばかりの計算式が並んでいる。一番新しい文字は先生が出した問題を私が解いた物だ。

「うん、出来ていますね。マリア様は飲み込みが早くていらっしゃる」

「教え方が上手なんですよ」

ニコニコと、子どもらしく笑ってはいるが、実際は解って当然だ。

私のノートに書かれているのは『7+2=9』『9−4=5』『4×3=12』『9÷3=3』……足し引き掛け割りの計算式が一頁を埋めている。科目は『さんすう』だ。『数学』でも『算数』でもなく、平仮名で『さんすう』。

確かに六歳の私には相応の問題だろう。

だけど私の頭脳は実年齢+高等部生×五回だ。忘れている部分は有れど、流石に『さんすう』は解る。楽勝で暗算出来る。

「マリア様はさんすうもお得意の様ですね……こくごも優秀でしたし、全体的にレベルを上げた方が良さそうです」

「あはは……お任せします」

この一ヶ月で、私は新たな発見をした。

グレイアス……グレイ先生と関わるのは今でも避けたいのだが、それよりも今は初等部レベルの勉強を今更真面目に学ぶほうが、辛い。疲れるし、辛い。

でもちゃんと順を追ってレベルを上げていかなければ、反則技で頭脳を補っている私はいつか必ずぼろを出すだろう。そうでなくても六歳児が高等部生レベルの問題に着手したら騒ぎになりかねない。

良くて『神童』悪くて『異常』だ。

「これなら他の教科に手を出しても問題無さそうですね。何か学びたいものはございますか？」

「うーん……」

勉強自体がそれほど好きでない為、学びたいものと聞かれて正直に答えたら無い、もしくは体育一択。

しかし家庭教師相手に勉強したく無いとは言えないし、体育もまた同様。頼めば鬼ごっこくらいなら付き合ってくれるかもしれないけど、確実にお母様に叱られる。

「今すぐ思い付かなくても大丈夫ですよ。私の方でも色々考えてみますね」

「……はい、ありがとうございます」

穏やかな笑みで笑うグレイ先生は、正しく教師に向いている。人を安心させる空気感で、子どもの扱いにも長けているらしい。

意外……と言ったら失礼だが、私の彼のイメージは二十四歳の彼。今より十歳も歳上で、逆に十年で何を経験すれば優しいお兄ちゃんがあのセクハラ教師に成長するのだろう。

あぁ、でもエンディングが近付くにつれてセクハラ発言は減っていたし、本来の性格はこっちなのかも知れない。

今目の前にいる先生にフラれていたら、オートモードでも多少傷付いたと思う。

そのくらい……良い人なんです、この人。

出来る限り距離を取ろうと決意して一ヶ月。良い人、良いお兄ちゃんな彼を邪険に出来ず、グレイ先生呼びもすっかり定着してしまっているのが現状だ。

せめて教えるのが下手だったらお父様に先生を替えて欲しいと言えたのに、グレイ先生教えるのも上手いんだよ。私がすでに解っているのもあるんだろうけど。

本当に、どうしたものか。

× × × ×

「――と、いう訳だ。どうしよう」

「いや、知らないよ」

ばっさりと、私の言葉を一刀両断したのは、ケイト。両親和解に協力してもらった時から、彼とは遠慮無用の関係が出来上がっていた。

ケイトは私が猫を被っても気持ち悪がるし、私も猫を被るのは疲れる。何より、貴族としての蟠りが無い。

マイペースなケイトだから私が何を言ってもお世辞や媚びがない。その分失礼な発言も多いけど、私としてはそっちの方が余程楽だったりした。

平民であるケイトは初等部に通っている。それを薔薇園で待ち、ケイトのお父さんが迎えに来るまで談笑するのが私達の日課だ。

ほとんど私の話に付き合ってもらってるんだけど。

「グレイ先生でしょ？　俺も話した事あるけど、良い人だと思う」

「知ってる。だから困ってんの」

「ごめん、全然意味わかんない。良い人で、教え方も上手。家庭教師ってそれ以上に何するの？」

「……だよね」

ケイトの言う通り。

仮定の未来を知っているから関わりたく無い。でももし死亡フラグの心配をしなくて済むのなら、私は素直にグレイ先生になついていただろう。

「マリアは考えすぎなんだよ、アホなのに」

「私勉強できますけど？」

「うん、だからバカじゃなくてアホ」

「ぐう……」

流石、出会いから今まで私のアホさを目の当たりにしてきただけある。ぐうの音は出たが言い返せない。

「何悩んでるのかはわからないけど、マリアはアホだから考えて行動しようとしても、アホだからその通りには出来ないと思うよ。アホだから」

「アホアホ言うな！」

三回も言った。大事な事でも二回しか言わないのに、三回も！

と言うかケイトの中で私はそんなにアホなのか。身に覚えが有りすぎて心当たりが無い。

「どうせ考えても駄目なんだから思ったままやってみたら、って事」

「……うん」

生死に関わる悩みをそう簡単に片付けるのはどうかと思うが……実際私はお父様にもお母様にもその両方にも、思い立ったが吉日で体当たりをしてきた。

グレイ先生に体当たりするかはともかく……今悩んでも実害が出るのは先の先、十年後だ。

それに大前提として、ヒロインがグレイ先生を選ぶとは限らない。選ばれたら最悪だけど攻略対象は他にも四人、確率は五分の一。

……うん、何とかなる気がしてきた。

「ありがとう、ケイト。アホ呼ばわりしたのはチャラにしてあげるわ」

「事実を言っただけだからチャラにしてもらう必要はないけど」

「それでさ、今度新しい教科を教えてもらうんだけど何にしようかなー？」

「人の話を聞いて」

知ってた？　スルースキルは生きる為の重要スキルなんだよ。特に乙女ゲームの悪役令嬢にとってはね。

第十三話　ただのへたれってだけ

ケイトと話した三日後、私はグレイ先生と対峙していた。

と言っても、大した事ではなく新たに教わる科目の話をしているだけだけど。

「魔法学、ですか」

「はい……あの、ダメですか？」

私が提示したのは『魔法学』。

専門的な事はアヴァントール学園の高等部で属性にあった専門教員が教えてくれるが、中等部で教わる程度の事なら家庭教師でも教えられる。魔法の歴史だったり、実技でなく書面でならば魔法の使い方、媒体となる魔法道具について等々。

それにグレイ先生はこの先、アヴァントールを卒業して教師にまでなる予定。今の年齢でもある程度は魔法の知識があるのでは、と思ったんだけど。

「ダメではありませんが……私は魔法については素人です。教鞭を執るだけの知識がありません」

「え……」

まさかの期待全否定。嘘ん。

ぽかんと呆ける私に「すみません」と申し訳なさそうに苦笑を浮かべるグレイ先生に、嘘では無いのだと痛感した。

「普通の家庭教師なら魔法学くらい教えられないといけないんですけど……私は昔のよしみで任せて貰っているだけで、本来なら貴族の令嬢であるマリア様に物を教えられる立場では無いんです」

その言葉の真意は、ルートを進めていくと明らかになる彼の過去にある。

攻略対象としてのグレイアスは平民……という事になっているが、実は彼『グレイアス・ファニー・サンドリア』は元公爵家の子息、つまり元上位貴族の人間だ。

そして『昔のよしみ』とは、公爵家時代、テンペスト家とサンドリア家は血縁関係こそ無かったものの同じ公爵家として深い繋がりがあったそうだ。

詳しい事はゲームの中でも明記されて無いけど、その昔のよしみを使ってマリアベルはグレイアスと婚約する。家柄を盾に政略結婚……性格の悪さに天井が無い。自分ながらドン引きだ。

うん、まぁそんな私の悲しい死亡へのカウントダウンな思い出はどうでも良くて。

どうしよう、魔法学。グレイ先生なら大丈夫だろう、なんて思ってたから第二希望教科考えて無かったなー。

「そうですか……なら、何か他の――」

「他の家庭教師に来て頂きましょう」

「……へ？」

他の教科を考えます、って言おうと思ったんですけど。別にそこまで魔法学に熱心でも無いですし、学園に進学した時に落ちこぼれたくないなーってだけで。

「いえ、たかが一教科の為に家庭教師を増やす必要は……」

「増やすのではなく、私を解雇して新しい方を雇うんです」

ん？　何でそうなった？

「元々私では貴族の事は教えられませんし、勉学であれば誰でも……私でなくとも教えられます。マリア様は飲み込みも早いですし、私では無くもっとレベルの高い方に来て頂いた方が良いと思うのです」

「………………」

正直、願ってもない話だと思う。

元々グレイ先生との関わりについて思う所はあったし、ケイトにはああ言われたが関わらずに済むならそれに越した事は無い。

無い……ん、だけど。

「……グレイ先生は、どうなるのですか？」

「私は……こちらの様にご縁がなければ家庭教師なんて仕事にはつけませんし、他の仕事を探します」

　家庭教師を雇うのは貴族なので、必然的に家庭教師という職業は高給取りになる。

　それだけでなく、グレイ先生はただの平民では無く元上位貴族の平民だ。元貴族が平民として仕事を探すのがどれ程大変か……貴族をして過去五回の高等部生と六年の人生を歩んだだけの私でも理解出来る。

　貴族に対して印象が悪い者も少なく無いし、何より『元貴族』という事は何らかの原因があって没落したという事だ。

　そんな人材、特別な人手不足でもなければ欲しがらないだろう。

「……あの、グレイ先生」

「はい？」

「私は、グレイ先生に教えて頂きたいです」

「……マリア様、お気を遣わせてしまい――」

「いいえ、本心です」

　いや確かに多少は気ぃ遣ったけど。でもグレイ先生に教えて欲しいというのも嘘ではない。心からの気持ちだ。

「魔法学の事は良いのです、中等部に行くまでに予習出来ればと思っただけですから。もし今後本気で勉強したいと思ったら別の先生を頼みます。だから……辞めるなんて、言わないでください」

「マリア様……」

「……勿論、グレイ先生が魔法学とか関係なく辞めたいと言うなら、止められませんけど」

我儘を言った後というのは気まずい。六歳児なのだから開き直っても許されるかもしれないけど、精神年齢的にはどうしても相手の顔が見ていられなくなってしまう。

俯いて、両手の指をごにょごにょしていると感情の乗った声が聞こえた。

嬉しそうに、でも少し抑えた様な声。

「……いいえ」

声に顔を上げるより先に、グレイ先生が膝をついて私の顔を覗き込んでいた。

ごにょごにょしていた両手を片手で包み込んで、笑っている。

「ありがとうございます、マリア様。そう言って頂けてとても光栄に思います」

「っ、なら……！」

「魔法学の事は申し訳ないですけど……私も、辞めたくありません」

「あ……ありがとうございます！」

「こちらこそ」

ふふ、と笑うグレイ先生に私も釣られ、最後は二人してケラケラ笑っていた。

その日の授業は結局新しい教科では無く普通に『こくご』をした。レベルは少し上がってたらしいけど……私には大差なく簡単な物だった。

×××

夜、一人になると私は引き出しからノートを取り出した。言わずもがな、登場人物の情報ノートだ。

グレイ先生に出会ってからは日記みたいな役割も担(にな)っている。

「今日は、疲れた……」

勿論そんな事を書く為にノートを開いた訳ではない。

滑らせたペン先は声とは別の言葉を連ねていく。

『グレイ先生と関わらないのは無理。腹を括(くく)るべし』

これも大概な気がするが、これ以外に書きようがない。実際関わらない選択をするなら、あそこで引き留めるのは真逆だ。

グレイ先生が辞めると言った時、このまま辞めて貰って関係を絶つという選択肢はあった。

でもそれを選択する度胸は無かった。

元貴族現平民の就職率を知っていて尚(なお)彼を無職にする度胸など無い。彼には全く落ち度が無いのだから。

魔法を学ぶ事と、彼の職。天秤にかけたらどちらに傾くかなんて分かりきっている。十年後の立つかも分からない死亡フラグでも、同様だ。

後は今のうちに友好的な関係を作っておけば、フラグも少しは減らせるんじゃないかっていう打算も少しある。

「ケイトの言った通りだったなぁ……」

やっぱり私には行き当たりばったりが一番合っているらしい。

ケイトの的中率凄いな。エスパーかあいつは。

第十四話 手品？　いいえ、魔法です

私が開き直って……覚悟を決めて幾日。

グレイ先生は変わらず私の家庭教師を続けている。私が『辞めないで』と言ってグレイ先生が『はい』と言ったのだから当たり前だけど。

そしてその一因である『魔法学』だが、学ぶ事になりました。

「魔法とは六つの属性に分かれています。四大属性と言われる火、水、地、風。そこに聖と闇がプラスされ、六つ」

今、私の前で教鞭を執っているのは、グレイ先生では無い。

「極々稀に強化にのみ特化した『強化魔法』の使い手がおりますが……これは稀中の稀ですので説明は省きます」

そしてここは、いつもの私の部屋ではない。

ここは私御用達の憩いの空間、皆さんご存じの『薔薇園』だ。

植物を模して作られた丸いテーブルには、本来甘く華やかな菓子だったり鮮やかな色味のティーセットだったりが相応しかろう。

しかし今テーブルの上に載っているのは、二人分の勉強道具。

そう、二人分。

今私の目の前で教鞭を執っているのは、オルセーヌさん。

そして今、私と共に授業を受けているのが……グレイ先生。

何故こうなったのか。勿論私のせいでは無い、断じて無い。

発端は、グレイ先生がお父様と話した事らしかった。

魔法学を学びたがった私の望みが自分のせいで潰えては、と考えたグレイ先生はお父様と話し……私の抵抗も加味した結果、オルセーヌさんが仕事の合間を使って私……とグレイ先生に魔法を教えてくれる事となった。

まさか過ぎる展開に正直ついていけてない。

まず、何でグレイ先生が隣で授業を受けているのか……お父様がグレイ先生の今後の仕事の為にって気を回したからです。

就職に資格と専門技能は大切ですもんね！　出来れば私の与り知らぬ所でやってほしかった！

「ここまでで質問はありますか？」

「いえ、私は……」

「私もです。オルセーヌ様はとても説明が分かりやすいですね」

「ふふ、ありがとうございます。ここまでは中等部に入ってすぐに学ぶ事ですから、大した事ではないんですよ」

何でもない事のように言っているが、オルセーヌさんの説明は本当に分かりやすかった。

お父様に次いで忙しい……下手したらお父様よりも忙しい身である為まだ授業を受けるのは三回目だが、オルセーヌさんは秘書を廃業しても家庭教師でがっぽり稼げると思う。

オルセーヌさんにいなくなられたら、我が家はしっちゃかめっちゃかになるのでそんな未来は断固拒否させてもらうけど。

「では今日はここまでで、次は……三日後、お昼終わりに致しましょう」

「はい、ありがとうございます」

「ありがとうございます」

今日は大体三十分って所で、授業は終了した。

オルセーヌさんを基準に組み立てているスケジュールなので時間はバラバラだし日付も確定して

いない。

元々私の家庭教師の合間、という話でもあるので優先されるのは通常授業だ。

正直、魔法学の方が面白いんだけど……最近やっと一つ上の学年の授業をするようになったが、それでも『さんすう』『こくご』と平仮名である事には変わり無い。

その点魔法学は全く知らなかった分野だし、何より楽しい。学んでいてとても面白い。私としては早く学園に入学したい、それほど魔法学は好きな教科となっていた。

だから次の授業も楽しみだなーなんて、呑気に構えていたのだ。

知らぬ間に突っ込んでいた片足にも、気付かぬまま。

×　×　×

事が起こったのは、オルセーヌさんに魔法を教えてもらうようになってから幾月を跨ぎ、グレイ先生が私の家庭教師になってから一年に近付く頃だった。

「——今日で魔法学の基礎、中等部一年で学ぶ事のあらましは終了です。勿論中等部では私が掘り下げなかった『強化魔法』についてもやりますし、各々の属性についてももっと詳しく教わる事になりますが」

「はい、ありがとうございました」

「お忙しい中、沢山の時間を割いていただいて本当に感謝します」

深々と頭を下げるグレイ先生に、何だか自分の感謝の言葉が物凄く軽いものに感じてしまう。オルセーヌさんもグレイ先生の態度に微笑(ほほえ)ましいのか苦笑いなのか分からない表情を浮かべている。

でもまぁ、気持ちは分からないでもない。

元々学ぶ権利を持っている私と違って、グレイ先生はお父様から機会を与えられた。お父様も私も、勿論オルセーヌさんもグレイ先生に教える事を『施(ほどこ)し』等と思ってはいないが……本人がどう思うかはまた別だからね。

とは言えどっちにしろ、オルセーヌさんに教えてもらえるのは今日までなんだけど。

「これ以上の事は私ではなくきちんと教える資格を持った人材でなければいけません。実技であればある程度は出来ますが……」

この世界の人間は、生まれた時は誰もが無属性の魔力を持っており、その魔力が魔法学校で学ぶ事により何らかの属性に染まっていく。アヴァントール学園ではこれを中等部と高等部で分け、中等部で魔法を教え、高等部への進級で見極めそれによって属性を決定し専門的な魔法を教えていくのだ。

つまり、今の私達は『無属性』の状態。

魔法の封入された道具『魔法道具』であれば無属性の魔力で発動が可能だが……私達、子どもだし。

無属性云々ではなく幼いから危ない、という事なのだろう。

出来る事ならオルセーヌさんに教えてもらえている間に『魔法』を体感してみたかったなぁ……。

このまま魔法の勉強が終わるにしろ、新しい人を雇うにしろ、オルセーヌさんより融通がきくとは思えない。

あまりに自然である為違和感が無いが、本来ならグレイ先生がここで一緒に授業を受けているのもあり得ない事なのだ。

思わず場所を忘れてしょんぼりしていると、オルセーヌさんは『閃いた！』とばかりに手を叩いた。

「では最後に一度『魔法』を使ってみましょうか」

「……はい？」

あ、今のは肯定のはいじゃなくて『なに言ってんだこいつ』のはい？　だからね。

え、魔法使えんの？　今の私の説明意味無いじゃん。

「勿論属性魔法は無理ですし魔法道具もお二人にはまだ早いです。でも模擬杖を使えば安全に魔法を体感して頂けるかと」

モデル？　細くて綺麗で、ランウェイという名の勝ち組街道を歩くリア充の事ですか？

「確か昔、私とキルア様が使っていた物があったはずですから、持ってこさせましょう」

私の疑問はどうやらオルセーヌさんには伝わらなかったらしく、一番近くにいたメイドを手を叩いて呼ぶと一言二言耳打ちして下がらせた。

気になったのはその事よりも下がったはずのメイドが一分もしない内に戻って来た事だけどね。我が家のメイドは忍者の訓練でも受けてんのか。

「これが模擬杖になります。どうぞ」

私達に差し出されたそれは、真っ黒な棒。

勿論ただの棒じゃなくて、先に向けて段々細くなっていくそれはどちらが持ち手でどちらが先端か一目で分かった。持ち手の先にはビー玉の様な球体がくっついている。

モデルとはファッション系の物ではなく、模擬の杖の事だったらしい。紛らわしい名前してるな。

「これは実際に中等部で使う模擬杖です。属性が不安定でも安全に使える様に制約魔法がかけられているのでお二人が使っても大丈夫ですよ」

「へー……」

気の抜けた返事だが、内心は結構興奮してます。

ただあまりにあっさり魔法を体験出来る事になって拍子抜けしているだけで。

「では、構えてください。あぁ、屋敷や人に向けては駄目ですよ」

花火か。

しかし初心者は言う通りにしないと確実に失敗する。説明って大事。

「腕を真っ直ぐ伸ばして……はい、模擬杖はしっかり握ってください。振った時に抜けてしまわない様に」

言われた通り、杖を突き出す形でしっかり握りしめる。

なんかデッサンしてる人みたいな格好。もしくはホームラン宣言。

「では、グレイさんから。力一杯杖を上から下へ振ってみてください」

「は、はい……」

急に説明がアバウトになった。

グレイ先生も不安気な表情で、でも逆らえずに、おずおずと杖を振り上げ、深く息を吸ってから力一杯振り下ろした。

「ッ……!?」

振り下ろし切る前、丁度真ん中辺り。

杖の先から、光が噴き出した。

一瞬マジで花火だったのかと思ってしまったくらい、勢いよく。水芸改め光芸、そんな感じ。

花火の様な音も無く、匂いも無く、光の降り注いだ場所が焦げ付く事も無く。驚いて固まったグレイ先生が我に返るより先にそれは小さくなっていって、最後は杖の先に吸い込まれる様にして跡形も無く消えた。

「…………」

「……す、ご」

呆然と構えたまま動かなくなってしまったグレイ先生。私も絞り出す様な声しか出なかった。

素を出してしまったがオルセーヌさんはニコニコ笑っていたので聞こえていなかったか、想像の範囲内だったのか。どっちにしてもつっこんで来る気配がないのは喜ばしい。

今、驚きと感動で猫を被れる自信無いです。

第十五話 異常はチャンスを連れてくる

私とグレイ先生が衝撃から立ち直ったのは、それから数分後。グレイ先生が私を振り返った事で止まっていた体内時計が動き出した。

二人でただ見つめ合って、驚きと感動を伝え合う。この瞬間だけは以心伝心を信じても良い。

率直に言おう、魔法すげぇ。

「どうでしたか、使ってみて」

ぱちぱちぱち。両手を叩く音で私達はようやくオルセーヌさんを見た。

すみません、正直忘れてましたごめんなさい。

「あ……あの、凄くびっくり、して……でも何か、感動しました、ぶわって……っ」

「ふふ、初めてなのに素晴らしかったですよ」

何を言いたいのか分からないが、どうやらグレイ先生は物凄く感動したらしい。

両手で模擬杖を握り締めて目をキラキラさせている。

何か、年相応なグレイ先生、初めてだなぁ……。

私がまだ幼いせいかグレイ先生はいつも大人びた調子を崩さないんだけど、今は年齢に見合う少年らしさがある。

「では、次はマリア様の番ですね」

「あ……は、はい！」

うぅ、緊張する……！

杖を握る手のひらにじんわりと汗をかいてるのが分かる。

振った瞬間すっぽ抜けたりしないかな。握力云々じゃなくて手汗が原因で失敗とか……令嬢として微妙なラインだ。

「すー……はー……」

鼻で息を吸って、口で息を吐く。

深呼吸。大丈夫、私は正常。出来ると思えば出来る。私はきっとやれば出来る子だ。

「っ……」

心を決めて、杖を勢いよく振り下ろした。

——起こったのは、その刹那。

「え——」

可笑しい、そう思った時には遅くて。

閃光と共に衝撃が腕を伝い、私は耐えきれず杖を放り出して尻餅(しりもち)をついた。

私の手を離れた杖は、まるで自分の存在を主張し、強調し、認識しろと言わんばかりに輝きながら脈打っている。

まるで、生きてるみたいに。

「マリア様……‼」

オルセーヌさんが焦った様子で私の名前を呼んだけど、私はそれに反応する事が出来なかった。

焦っていた。ビビってもいた。混乱してもいた。

何が起こっているのか、上手く理解出来なかった。

ただひたすら何で？　どうして？　と疑問ばかりが頭を駆け巡っている。

グレイ先生と同じ事をしたはずなのに、どうしてこうも違う結果が出たのか。これが個人差だったら笑っていられたけどオルセーヌさんの反応を見る限り、これは個性でなく異常であるらしい。

どくん、どくん、高鳴る私の心臓にリンクしているかの様に杖も鼓動を繰り返している。

「マリア様、こちらへ……っ」

オルセーヌさんがこちらに近付きながら手を伸ばしている。必死に、私を、グレイ先生を庇(かば)う為に。

しかしそれよりも早く、目に痛みを与えるほどの光は吸い込まれる様に消え、大きく刻まれていた鼓動は止んだ。

何事もなかったかのように一瞬の静寂が広がったけど、それで安心出来る訳はない。

嵐の前は、いつだって冷たいほど静かだから。

「っ……！」

再び杖が強すぎる光を放って、でもそれがただ輝いているだけでない事はすぐに分かった。

例えるなら爆弾が弾け飛ぶ一瞬前みたいな、衝撃が来る前兆の光。

あ……これ、ヤバイ。

「マリア……ッ‼」

「え……⁉」

私の体が攻撃されるより先に、誰かが私を呼んだ。

その声が誰のものかとか、返事をするとかよりも早く、私の体は暖かい何かに包まれた。

それを最後に、私の視界は暗転した。

第十六話　恋と好意の違いなんて所詮は一文字（1）

複雑な思いは、正直あった。

彼女は……彼女と呼ぶにも満たない小さな女の子で、貴族の名を背負うには幼すぎるけど。

それでも俺は、マリアベルという少女が苦手だった。

×　×　×　×

サンドリア家が没落して、俺は突然平民になった。

没落の理由を父は話そうとしないが、仮にも公爵として責務を果たしてきた家が落ちたというのに後釜が直ぐに決まったというから、人を見る目の甘かった父が騙されたのだろう。

サンドリア家は貴族の中でも歴史が浅い方であったから、そこにでも付け込まれたか。

理由は色々想像出来たが、どれも時間の無駄だった。

没落した事実は覆らない。たとえ騙されたと訴えたとして、お前が間抜けだったんだろうと言われて終わりだ。

それよりも俺に……俺達家族にとっては目の前にぶら下がった問題の方が深刻だった。

新しい家、新しい仕事。

家に保管していた僅かな現金以外生活に必要不必要関係なくすべて取り上げられた俺達一家は、生きる為ボロボロの空き家を借り、父は新たな仕事を探し始めた。


大丈夫、なんとかなる。

今思えばなんて馬鹿なんだと思う。舐めているのかと、楽観視しすぎだと。

でも当時は、本当にそう思っていたのだ。子どもの俺だけでなく、両親も。

生きていればなんとでもなる、頑張れば這い上がれる。

希望を持ち、いつでも前向きに夢を見る優しい両親は、この世にある全ての道は舗装されているのだと信じて疑わなかった。

そんな事、あるはずないのに。

父の仕事は全然決まらず、その内育児の為家を空けられなかった母も俺を置いて仕事を探す様になった。

ひもじい思いをしながら駆けずり回って、それでも父がありつける仕事は日雇いばかり、母が見つけた仕事も夜のお店で娼婦の真似事。どちらも低賃金重労働、人を人とも思わない劣悪な環境で。

貴族に生まれ貴族として生き、美しく飾り立てられた箱庭の中だけを世界だと思っていた両親が、身も心も病んでいくのに時間はかからなかった。

そして俺が十二歳になった年、父はこの世を去った。原因は睡眠不足、栄養失調、過労、衰弱……色々と思い浮かびはしたが医者にかかった事が無かったのでどれも憶測でしかない。

そんな父に続くように、母は体調を崩し床に伏すようになって。

残された俺は、自分と母を養う為に働き始めた。

と言っても大人の父ですら日雇いの重労働にしかありつけなかったというのに、子どもの俺が二人分の生活費を稼げる仕事に就ける訳もなく。

毎日、死にそうだった。生きていける自信なんてどこにも無い。日に日に命が削り取られていくのを感じながら、指をくわえて見ている事しか出来ない。

そんな暮らしを、二年。


十四歳になった俺に、テンペスト家の令嬢マリアベルの家庭教師の話が来た。あり得ない事だった。嘘か夢、はたまた何らかの裏があるのか。正直、疑問と警戒しかなかったが食らい付かない理由にはならなかった。

家庭教師は高給取り。たとえどんな裏があろうと、元より自分がいるのは底辺だ。これ以上悪くなる事は無いだろう。

やけくそとも言える心構えで挑んだ仕事は……拍子抜けも良いとこだった。

「初めまして、ベールデリアです。グレイアス君……ですね、アネッサ様によく似てらっしゃるわ」

アネッサ……俺の母の名を口にした女性は、瞳の色こそ特異だけれどそれ以外に突出した所は無い。しかしその貴族らしからぬ穏やかさと慎ましさに好感を持てる人ではあった。

母とどういう繋がりなのかは分からなかったが、俺の抜擢（ばってき）には彼女の口利き（くちき）があったらしい。

「君がグレイアスか……今日から、娘を頼むぞ」

アスタキルアと名乗った男性は、男の俺でも見惚れてしまうような綺麗な顔立ちをしていた。冷たい氷の彫刻を連想させる迫力は、若さを一切の弱点にする事の無い当主のそれで。

かつての父が彼と同じ立場だった事が信じられなくなりそうなくらい、当主様には風格という物が備わっていた。

そしてそんな二人の血を引く娘が、俺の生徒となった。

「初めまして、グレイアス様……マリアベル・テンペストと申します。今日から、よろしくお願い致します」

俺よりも随分と小さな体を折って、体に合う小さな頭を下げた少女は、歳からは想像出来ないしっかりとした口調でそう言った。

綺麗な菫色をした髪にはその質感を表す天使の輪が煌めいている。丸く大きな瞳は目尻が綺麗に上がっていて、高貴な猫を連想させた。硝子（ガラス）に色を乗せた様な不思議な色味は母親譲りだろうけど、それ以外は当主様とよく似ている。

頭の天辺から爪の先まで、美しさを纏め造り出したお人形。

それがマリア様に抱いた第一印象で、勉強を教える様になってからもさして変わる事は無かった。教えたらすぐに出来る様になる。教えなくとも、出来たりする。だからといって家庭教師の俺を見下す事は無い。

マリア様は歳以前にとても優秀だった。

俺なんか、いらないんじゃないかって思うほどに。

きっとこの子は俺がいなくとも簡単に成長していける。俺が教えられる事くらい、一人で習得出来てしまう。

授業のレベル云々より、家庭教師のレベルを上げるべきなんじゃないか、そう思い始めた矢先。

「新しい教科は魔法学がいいです」

いつもより少しだけ楽しそうに、マリア様は言った。

魔法学は本来中等部で習う物だが、予習や個人的興味で家庭教師が教える事も少なく無い。

だから家庭教師は皆魔法学に対して大なり小なり知識を持っている。強制や規則では無いが、普通は。

でも俺には、その普通は無い。

「ダメですか?」

「ダメではありませんが……私は魔法については素人です。教鞭を執るだけの知識がありません」

「え……」

俺の返答に、マリア様は驚いた顔をした。家庭教師ならば当然知識があるものだと思っていたのだろうか。幼い少女だから有りうる思い込みだけど、残念ながら結果は変わらない。

「すみません」

謝りながらも、心の中では別の事を考えていた。

とりあえず、自分はクビだろう。ただでさえ教え子の力量と釣り合っていないのだ、その上望む事も教えられないとなれば、俺の存在価値はゼロと言って良い。

それならば、わざわざ宣告を待つ事も無いだろう。

「他の家庭教師に来て頂きましょう」

それが良い。この優秀な少女には相応の人材をあてがうべきだ。

決してコネや同情ではなく、実力でこの場所を勝ち取れる力量のある人。テンペスト家が募集をかければ羽虫の如く集まって来るだろう。

仕事を無くすのは痛手だし、再就職はまた茨(いばら)の道を裸足(はだし)で進む羽目になるだろうけど、この一ケ月の給料だけでも切り詰めれば月単位で何とかなる。

大丈夫、元の生活に戻るだけ。それに貴族としての作法を教えられない俺はいずれクビになっていた。それが早まっただけと考えれば諦めもつく。

「私は、グレイ先生に教えて頂きたいです」

初めは俺の欲が産み出した幻聴だと思った。次にマリア様の気遣い、同情。

でも彼女は、真っ向からそれを否定した。

「魔法学の事は良いのです、中等部に行くまでに予習出来ればと思っただけですから。もし今後本気で勉強したいと思ったら別の先生を頼みます。だから……辞めるなんて、言わないでください」

「マリア様……」

「……勿論、グレイ先生が魔法学とか関係なく辞めたいと言うなら、止められませんけど」

堂々とした態度が一変して、叱られる前みたいに小さくなりながら気を紛らわせる様に忙しなく指を動かしているマリア様は、年相応の女の子だった。

我儘とお願いの区別がついていない辺りは、まだ少し大人びて見えるけど。

驚いて、焦って、それから……嬉しそうに笑って。

可愛いって、思った。純粋に、妹とかいたらこんな感じかなって。

第十七話 恋と好意の違いなんて所詮は一文字（2）

有り難い言葉だったし、素直に嬉しかった。

でもやっぱりマリア様に魔法学を学ばせてあげられないのは心苦しかった。魔法学を教えて欲しいと言った彼女は、いつもより楽しそうだったから。

そこで俺は、当主様に掛け合う事にした。

「あの……ご当主様」

「ん？　……グレイアスか。どうした？」

「実は……お願いが、ございまして」

魔法学の家庭教師を雇って欲しい、と。

俺がクビになる可能性も否めなかったが、だからといって放っておくのは気が引ける。俺の他に魔法学の家庭教師を雇ってもらえれば一番良いが、そういった想像をしても俺の精神が削られるだけで結果は変わらないから早々に止めた。

俺の話を聞いた当主様は、お願いをきちんと飲み込んだ上で「分かった」と言ってくれた。

結果、俺がクビになる事はなかった。

新しい家庭教師が来る事も無かった。

その代わり、当主様の秘書であるオルセーヌ様が魔法学の基礎を教えてくれる事になった。

何故か、俺も一緒に。

「基礎だけでも学んでおいて損は無い」

そう言って、当主様はマリア様の分と一緒に俺の分まで教材を用意してくれて。申し訳なくて、せめて給料から引いてもらおうと思っていたのに「一つも二つも変わらん」と聞き入れてはもらえなかった。

冷たいのは外見だけで、中身は優しく甘い。奥様への対応を見ていたからある程度は把握してたけど、まさかその優しさが自分にまで向けられるとは思っていなかった。

当主様だけでなく、テンペスト家の人達は皆優しい。歴史が古く、王族に一番近しい位置に座する貴族だというのに、俺の知っている貴族とは全然違って。

堕ちた元貴族の俺を蔑まない。哀れむ事も無い。

同情がゼロだったとは思わないが、彼らは俺に過度な保護を押し付けようとしない。

貴族は、苦手だった。

恨んでいた訳ではない。たとえ期間は短くとも、俺もその貴族の一人だったのだ。恨んだ所でどうにもならない事くらい分かっている。

それでも、俺が『テンペスト公爵家』に対して持っていたのは苦手意識だった。

貴族が、そして昔の俺と同じ公爵の家系が、どうしても苦手だった……はずなのに。

奥様は、初めて会った時と変わらず穏やかな優しさを注いでくれた。

当主様は、人は見た目では分からないと教えてくれた。

マリア様は、植え付けられたもの全てをひっくり返していった。

溶かされていく。変えられていく。塗り替えられていく。

それがむず痒(がゆ)くて、居心地が悪くて、でも嫌じゃなくて。

混ざりに混ざった複雑な心境のまま、最後の魔法学の授業を迎えた。


そこで起こった出来事は、説明するまでも無いだろう。


俺と同じように、マリア様が模擬杖を振り下ろした瞬間……空気が、変わった。

光を放ちながら脈打つそれが『良い事』でない事はオルセーヌ様の反応を見れば明らかで。

俺の危機管理能力は警告音を鳴らしていた。杖を放り出したまま座り込んでいるマリア様だって、起こっている事態が異常であると認識していたはずだ。

逃げなければ、とか。杖をどうにかしなきゃ、とか。どんな行動を取るにしろ、判断する時間が欲しかった。

でも、異常事態は嘲笑うかのように俺達の願いを切り捨てる。

突然引いた光、鼓動。一瞬の静寂。

それが引き金だと言わんばかりに膨らんだ『攻撃』に、俺の体は脳ではなく心と直結して動いていた。

「マリア……ッ‼」

何を叫んだのかは、覚えていない。

ただ本能で感じた『しなければいけない事』に従って、マリア様の腕を引っ張って引き寄せた。

軽くて細い、小さな体。庇うように抱き締めると余計に認識する、子どもの体温。

護らなきゃ。傷付かないように、俺が、護ってあげなくちゃ。

「っ――‼」

衝撃に備えて、マリア様を抱き締める腕に力を込めた。歯を食い縛り、目をぎゅっと瞑る。近付いて来る攻撃の気配に、心を決めて、待った。

「…………あ、れ？」

来ない、何も。攻撃も、伴うはずの痛みも、衝撃すら。

脳内を巡る疑問符の答えが知りたくて、何が起こったのか確かめたくて、そして何も起こらないという安心が欲しくて、ゆっくりと目を開いた。

初めに認識したのは鮮やかなオレンジ色、オルセーヌ様の髪だと思う。次は金色と菫色が並んで見えて、光に気付いた当主様と奥様が駆けつけたのか。

それで最後は……俺を囲む、透明な何か。

「え……？」

何だ、これ。

シャボン玉の膜みたいに太陽の光を反射させて虹が見えるけど、硝子みたいに固そう。それは俺と、俺の抱き抱えているマリア様をドーム状に囲っている。

地面を見れば、ドームの壁を避けるように芝生が散って土が顔を出していた。

「これ……」

護って、くれた……？

確証はない。でも俺もマリア様も無傷である事と、地面に残った傷跡がその証明である気がした。

ゆっくりと、膜に手を伸ばす。無意識での行動だったが、指が触れるより先に、膜は発光しながら霧散していった。

残ったのは、傷のついた地面と、無傷の……俺とマリア様。

「ッ、マリア様‼」

腕の中で俺に体を預け切ったマリア様を見る。

意識が無いのは明白で、でもそれが眠っているのか気絶しているのか、俺には判断出来なかった。

「グレイさん、失礼」

「オルセーヌさ……」

「……大丈夫、意識はありませんが脈拍は正常です」

いつの間にか近くにいたオルセーヌ様がマリア様の首筋を触って、余程不安そうな顔をしていたのか、俺に向かって微笑んだ。

そのまま、流れるような動作で俺の腕からマリア様を受け取る。

「ですが念の為医師に見ていただきましょう。グレイさんも、外傷は無いみたいですが念の為検査を受けてください」

「は、はい……」

何が何だか分からないまま、事態は終息に向かっているらしい。

ホッとして胸を撫で下ろした俺に、次に近付いて来たのは当主様だった。

「グレイアス、怪我はないか？」

「は、はい。俺は何とも……」

奥様はマリア様に付き添ったのか、姿が見えなくなっていた。

当主様と二人きり……正直、緊張しかない。当主様が冷ややかな容姿とは違い優しい方であると分かっていても、貴族で雇い主でもある相手に気安い事は言えるわけがない。

「ありがとう。君のおかげでマリアは助かった」

「え……いや、俺は」

「いや、君のおかげだよ」

俺は何もしていない。そう言いたかったし事実その通りだ。マリア様を護ったのは俺ではなく、あの透明な膜で、俺はただ感情のままに行動しただけ。

そう否定したかったのに、当主様は真剣な眼差しで俺の言葉を遮った。

「マリアを護ったのは、君の力だ」

「え……あ、あの、何を」

「あの防御壁（シールド）を出したのは、君だよ、グレイアス」

「シー、ルド……って」

矢継ぎ早（やつぎばや）に繰り出される発言は、いとも簡単に俺のキャパシティーを越えた。

防御壁の事は分かる。オルセーヌ様の授業で習った。文字通り、魔法も物理攻撃も防御する盾。

でも、それを俺が出せるわけがない。

「ご当主様、俺には防御壁は出せません。あれは——」

「属性が決まってからでなければ出せない魔法だな」

「…………」

その通りだ。防御壁は無属性の状態で使える魔法ではない。属性毎に特色があり、専属の教師が教える歴とした『属性魔法』だ。

貴族である当主様が知らないはずはない。

では何故、そんな突拍子もない事を言い出したのか。

「属性は何も学園で学ばなければ決まらない物ではない」

「それは、そうですけど……でも俺が学んだ知識程度では属性の固定には至らないはずです」

そもそも魔法学は家庭教師でも教えられるが、属性を固定させるだけの知識はそう簡単に教えられるものではない。全ての属性の知識を習得した上で、無属性魔法を操れなければ属性の固定など夢のまた夢だ。

俺がオルセーヌさんから教わったのは、魔法学の基礎。属性が固定されるなんて、ありえない。

「それは無属性を特定の属性に固定させるならば、の話だろう。元々固定されているのならば、話は別だ」

「元々、固定……って」

「珍しい事ではあるが、無い事ではない」

当主様が言いたいのは、生まれながらに属性を持つ者の事だろう。

生まれた時は誰もが無属性である……それが魔法学の基礎知識だが、極々稀に生まれた時から特定の属性を持っている者がいる。

そして、俺がその属性持ちだと。

「あの防御壁は聖属性の物だった……我が家に、聖属性の者はいない」

「……俺が」

あの場にいたテンペスト家以外の人間……それは、俺しかいない。

俺が、属性持ち……信じられない、と言うより予想外すぎて理解が追い付いていない。

「勿論正式に検査をしてみなければ確実とは言えないが……ほぼ、間違いないだろう」

「って、事は……オルセーヌ様が言っていたのは」

「怪我も心配だが……『それ』も含めて、という事だ」

「……そう、ですか」

何をどう言えばいいのか。この場合、何を言っても正解であり間違いな気がした。

混乱と、困惑と、少しの恐怖。

地獄を生き抜いてきたはずなのに、今はあの頃よりもずっと先が見えない。一切の想像がつかない恐怖感。

「……大丈夫だ」

「っ……とうしゅ、さま」

足元が見えない恐怖に固まっていた俺の頭に、大きな手の感触が降ってきた。

優しくて、ほんのり温かくて、髪を滑るように撫でる動きは心を落ち着ける。

見上げた双眸は寒々とした冷たさを連想させる蒼色だけど、その奥にあるのは強さと、絶対的な安心感。

「心配する事は何もない、俺に任せておけ」

「任せる……って、でも……」

「マリアを護ってくれた礼だ」

「あ、あれは俺が……」

俺が、勝手にやった事だ。

運良く属性持ちだったから良かったものの、あの瞬間の俺はただ感情のままに行動していただけ。

「マリア様が……大事だから」

その言葉に当主様は複雑そうな顔をして、それでも優しく俺の頭を撫でた。

第十八話　悪い予感は嫌になるほど当たるよね

目を開ければ、薄紫色をしたベッドの天蓋の裏。

昔はピンクと白で纏められた大変可愛らしいお部屋だったけど……申し訳ない事に少女趣味過ぎて落ち着けなかったので一新させてもらった。

今は私室も寝室も白を基調にアクセントカラーも薄めの紫にしたから目にうるさくなくて、たとえ高等部生が使っても違和感の無い部屋だと思う。

家具小物一つ一つの装飾が上品だけど凝っているし、天蓋ベッドなんて使っているから決して普通でもシンプルでもないけど。前に比べれば全然許容範囲内。

とまぁ、現実逃避はこのくらいにするとして。

私は何でここにいるのでしょうか？

「えーっと……」

どこまで覚えてるっけ？

たしか今日はオルセーヌさんの最後の授業で、何事もなくグレイ先生と講義受けてたよね。

それでオルセーヌさんが最後に模擬杖で魔法を使わせてくれて、グレイ先生が成功したから、次は私の番で――。

「あー……」

思い出した……いや忘れてた訳じゃないけど。

私が杖を振った途端急におかしな事が起きて、これはヤバイなって思って……そのまま気絶しちゃったんだ。

あんな事になるとは思ってなかったけど、何より私にまだ気絶するだけの繊細さが残っていたとは。かなり焦りはしたけど、怪我をした訳でもないのに。

確かだ。

あの現象が何かは、私にもよく分からない。でもあれがある程度の『攻撃力』を持っていたのは

と言うか、何で私無傷なの？

「……あれ？」

気絶した私がそれを避けられたはずもない。

「あの時……」

起き抜けでぼんやりした頭に鞭を打ち、必死に気絶する直前の事を思い出す。

誰かに、呼ばれた気がする。

誰かに呼ばれて、その腕に庇われた気がする。

耳に残る声には、聞き覚えがあった。あんな焦って上擦った調子の声は初めて聞いたけど、それでも間違えようのない声。

「グレイ先生……？」

声変わりで大人びた声質はお母様よりも随分低い物だったけど、お父様やオルセーヌさんに比べれば貫禄のないまだまだ子どもの声。

私を庇ってくれた声の主はグレイ先生で間違いない……はず。

「マリアって呼ばれたような……」

最後に聞こえた声は、確か『マリア』だったと思う。

でも……グレイ先生は私をマリア様と呼ぶ。

いくら生徒と言えど、私は公爵令嬢でグレイ先生にとっては雇い主の娘でもある。だから呼び捨ては無理だって、グレイ先生が来たばかりの頃に断られた。

妥協案の『マリア様』にも初めは難色示されたし。『マリアお嬢様』は長いって駄々捏ねてやっとオッケーしてくれたんだよ、確か。

……やっぱり、グレイ先生じゃないのかな？　それとも言葉の方を覚え間違いしてる？

「マリアちゃん！　気がついたのね！」

喜びの声に顔を向けると、寝室の扉の所にお母様が立っていた。

うーん、と私が頭を悩ませている内にお母様が室内に入って来ていたらしい。起きてないと思ってノックしなかったんだろう。朝呼びに来てくれる時はしてくれるし。

「お医者様は大丈夫だって言ってくださったけど、心配したわ。痛いところはない？　気分が悪かったりしていない？」

「心配かけてごめんなさい、お母様。大丈夫、どこも痛くないし気持ち悪くもないわ」

「良かった……待ってて、今お父様達を呼んでくるから」

お母様は上半身だけ起こした私の頬や肩を触り、納得すると頬にキスを落として寝室を出ていった。

初めの頃を思うと随分明るくなったなぁ……会えなくてやきもきしてたのが嘘みたい。

軽やかな足取りで出ていったお母様は帰ってくる時も同様、ただし後ろには安堵の表情を浮かべたお父様とオルセーヌさん、そして何故だかグレイ先生もいる。

いや、グレイ先生がいるのは問題ないよ？　怪我とか心配だったし、迷惑かけた訳だし、謝りたかったけど……今、何時だと思います？

中庭にいた時はまだ高かったはずの太陽はもう残像すらなく、空は真っ暗、お星様お月様がこれ見よがしに煌めいてる。つまり、間違いなく夜。夕方ですらなく、夜。

「マリア、良かった……心配したんだぞ」

帰らなくて大丈夫？　親御さん、心配しない？

「顔色も良さそうで、安心しました」

「お父様、オルセーヌさん、心配かけてごめんなさい。もう大丈夫です」

お父様は頭を撫でてくれたし、オルセーヌさんは軽い触診をしてくれた。

ただ何故かグレイ先生は黙ったまま、私を囲む三人の大人に自ら隠れるようにして立っている。

喋らないし、動かない。お父様達に隠れて顔は見えないけど、隙間から見えた体には怪我らしいものは無くて、それだけは安心した。

「マリア、本当にもう大丈夫なのか？」

「はい、むしろ寝ていた分体力が回復しました」

「そうか……なら、少し話があってな」

「……はい、何でしょうか」

「俺では無く、グレイアスからだ」

神妙な面持ちで『話がある』なんて言うから、てっきりあの出来事についてだと思ってこっちも真剣に聞く姿勢を示したのに。

あっさりと引いたお父様にきょとんとしてしまったが、横に退いたお父様の陰にいたグレイ先生にきょとんとしたまま固まってしまった。

もしかして、私何かしでかした……？

グレイ先生が私を助けてくれたんだと思う。その人から話があるって言われたら、もう良い予感とかしないよね。自分の記憶に無いから割増で。

「俺達は席を外しているから、終わったら言いなさい」

「はい、ありがとうございます」

「え、あの、ちょ……っ」

何でそこだけで話を進めるんですか。私の意見は無視か！

なんて言葉を口に出せるわけもなく、結局私はお父様達を見送るしか出来なかった。

「病み上がりなのに、すみません」

「いえ……ダイジョウブです」

病み上がり、と言うか気絶してただけだしね。無傷だし、寝たから色々回復したたし、体はすこぶる元気ですよ。

　精神面は真逆だけどな。

「あの、お話って?」

「……俺は、今日で家庭教師を辞める事になりました」

第十九話　門出（かどで）なりて

「………へ?」

　猶予（ゆうよ）とか躊躇（ためら）いとか一切無く、投げ付けられた言葉は受け取るにはあまりにも突然で、数秒何を言われたのか分からなかった。

「い、今なんて……」

「今日限りで、家庭教師を辞めます」

　聞き返した所で現実は変わらない。

　ただ、あぁ聞き間違いじゃなかったんだ、って再認識しただけだった。

　良い予感はしてなかったけど、これは予想外すぎる。

「何、で……っ、わたし、私のせい」

「それは違います」

もしかして今日の事が原因か。どこか怪我をした？　こんな事があって嫌になった？　責任を感じた？

色んな悪い想像が一遍に襲ってきたけど、それは私を飲み込む前にグレイ先生に一刀両断された。

食い気味に即答された。

ホッとした……い所だけど、じゃあ、何で？

「マリア様のせいではありませんし、この仕事に不満がある訳でもありません。理由は、俺自身にあります」

「え……？」

何がなんだか理解出来ていない私にグレイ先生は面倒臭がる事無く説明してくれた。

私が気絶している間に起こった事を。

そこで判明した事実を。

「属性、持ち？」

「検査もして、間違いないそうです。俺は聖属性を持っていると」

「聖、属性……」

確かに、攻略対象である教員となったグレイアスは聖属性の持ち主だ。ルートの内容的にも、彼が生まれながらに属性を持っていたって不思議ではない。

でも、まさか、ここで判明するなんて。

彼が家庭教師になった時点で、オートモードの時とは違う展開になる可能性は予測してたけど……これは流石に予想外の展開だ。

「属性が判明したので、アヴァントール学園への入学が決まったんです。特待生制度と奨学金を使えば俺でも問題無く通えると……当主様が手続きをしてくださって」

「……それで、家庭教師を」

「はい。学園へ通うようになれば、俺の場合寮に入る事になりますので」

アヴァントール学園は国中から生徒を募っているが、クレーネ王国の国土は広い。それなのに交通手段は穴だらけで、汽車も飛行船もあるにはあるが本数は少ないし値段は高い。貴族ともなれば専用の交通手段を持っているが、特待生として入学する平民はそうもいかない。

そこで、アヴァントール学園には寮が完備されている。

勿論平民だけでなく貴族も入寮可能で、全寮制ではないが毎年ほとんどの新入生が寮を希望するらしい。

オートモードの時に見たけど、絢爛豪華な設備でしたよ。目が辛かった、マリアベルは気に入ってたみたいだけど。一つの体でも価値観まで同じにはならないらしい。

話が逸れた。つまりグレイ先生は進学の為に仕事を辞める、という事か。寮に入れば帰って来られるのは週末だけになるし、子どもの家庭教師をしている暇なんて無くなるだろう。

それならば、仕方がない。元より駄々を捏ねるつもりはないが、正当過ぎる理由を聞いてしまえばもう何も言えない。

「そう、ですか……少し残念ですけれど、喜ばしい事ですね。おめでとうございます、グレイ先生」

「……ありがとうございます」

緊張していたのか、終始真顔だったグレイ先生の表情がそこで初めて和らいだ。いつもと同じ、小さなお子さま相手の顔。

罵詈雑言でも吐くと思われてたのだろうか。前のマリアベルならいざ知らず、今の私はそんな事しませんよ？

「……マリア様」

「はい？」

「本当に、ありがとうございました」

垂れた頭と、二度目の感謝の言葉。それが何に対しての言葉か分からなくて口を閉ざしたままの私に、グレイ先生は気にせず言葉を続けた。

「マリア様のおかげで、俺は魔法を学ぶ機会を得る事が出来ました」

何を言われるのかと思ったら、そんな事。

拍子抜け……は言い方が悪いかもしれないけど、私に向けられるべき言葉ではない事は確かだ。

「それは……違います。私ではなく、グレイ先生自身のお力です。私は何もしていない」

聖属性が判明した『原因』は私の仕出かした事だけど、それに関してお礼を言うべきはグレイ先生ではない。

「私の方こそ、危ない所を助けていただきました。本当に、ありがとうございました」

グレイ先生がいなければ、私は文字通りどうなっていたか分からない。あの現象に関して不明な事は多いが、グレイ先生がいなければ無傷では済まなかった事は間違いないだろう。

それに、グレイ先生は攻略対象、しかも隠しキャラというヒーローに次ぐ大役だ。たとえ今回の一件が無くとも、きっとどこかで頭角を現していた事だろう。本人には決して言えないが。

と、感動的な感謝の章はここまでとして。

私にはまだ、一つ気になっている事がある。

「グレイ先生、私一つ気になっている事があるんです」

「はい、何でしょうか？」

「中庭で助けていただいた時……私の事、マリアって呼びませんでしたか？」

「え……？」

どうでもいいとか思います？

確かに些細(ささい)な事だし、私も物凄く気になる訳じゃないけど、家庭教師辞めちゃうならしばらく会う事は無くなるんだろうし聞いておいて損はないかなと思ったんです。

それに物凄くは気にならなくても、ほんのちょっと、背後で物音がしたけど振り向いても何も無かった時くらいには気になるし。

……私、誰に言い訳してんだろ。

「あの時は……その、俺も夢中で……よく覚えてない、です」

キョロキョロと視線を色んな所にさ迷わせながらの返答はしどろもどろで、多分本当に覚えていないのだろう。そして覚えていない事に焦っている。

理由は……想像付く。と言うか一回断られてるしね。

「……失礼な事をして、しかも覚えてないなんて、本当に申し訳ありませ――」

「そうではありません」

恐縮して下がりそうになる頭を、遮るように言った言葉で何とか食い止めた。

もしかしたら私の聞き間違いという事もあり得るし、もし本当に呼び捨てで呼ばれてたとしても嫌な気持ちになったりしない。

怒っている訳じゃないんだから、謝られる必要は無い。

私が言いたいのは、そういう事じゃなくて。

「そうではなくて……折角ですから、これからはそう呼んでいただけないかと思ったのです」

「そう……って」

「マリアと、呼んでくれませんか？」

一度は断られたけど、出来れば『マリア様』ではなく『マリア』と呼んでほしい。

正直、お嬢様とかマリア様とか……苦手、だったりする。令嬢という自覚が足りないせいか、蝶よ華よと持て囃されるのが。しかもその相手が歳上だったら……慣れるはずないじゃないか。

過去五周分マリアベルと共に令嬢をやってきたとは言え、そのほとんどが令嬢にあるまじき苛めの主犯格として、その後はただの性悪外道として、虐げ虐げられをしてきた。

令嬢らしさを学ぶ隙も無い。マリアベルに学べたのは、天罰って下るんだよ、って事くらいかな。

さすがにオルセーヌさんやアン達メイドには「呼び捨てが良い」なんてワガママ言わないけど。向こうの仕事にも影響しそうだし。

その代わりケイトとか、あんまり身分に囚われない人には好きに呼んでもらってる。ケイトのお父さんとかは「マリアちゃん」って呼ぶし。

「でも……それは」

「もう、家庭教師では無くなるんですよね？」

もう私はグレイ先生にとって雇い主の子どもでは無くなる。何か恩とかは感じてそうだけど、その辺はスルーで。

本当なら『生徒』で教えてもらう側の私がグレイ先生を敬うべきなんだし。

「ダメですか？」

「………」

困ってるなー。何か物凄く良心に付け込んでる感じがして罪悪感だよ。私にそのつもりは無いけど、グレイ先生は私にも恩を感じてるみたいだし。

　どれだけの沈黙が続いたのか。結果として、折れてくれたのはグレイ先生の方だった。

「ま……りぁ……」

「っ……！」

「マリア……」

　掠れて聞き取り辛かったけど、確かに聞こえた私の名前。

　嬉しくて、息を呑んだ私に、駄目押しでもう一回。二回目はちゃんと聞こえた分、グレイ先生自身も戸惑っている感じで。音にならなかったけど口は『様』って動いてた。

　でもそのくらい許容範囲だ。頑なに断られる事に比べれば、なんて事はない。

「……嬉しい、ありがとうございます！」

「いえ、大した事では無いです、けど……なんか、変な感じしますね」

「うふふ」

　機嫌良く笑う私に、グレイ先生も困った風ではあったが笑い返してくれた。

　少しは寂しいけど、これがお別れにならない事は私が一番よく知っている。ならば泣きじゃくって感動の別離を演じたって私の黒歴史が増えるだけだ。

　冷静に、だけど冷淡では無く、まるで旅行に出掛ける人を見送るみたいな気安さで、言った。

「いってらっしゃい、グレイ先生」

「……行ってきます、マリア」

そうして、グレイ先生は学園へと旅立っていった。

その後グレイ先生と再会するのは、私が彼と同じ門出を迎えた後の話である。

第二十話　後の祭りってこれか

グレイ先生との爽やかなお別れから、私は平穏な日々を取り戻していた。

グレイ先生が属性に目覚めるきっかけとなった一件は、使用した模擬杖や私の魔力をどれだけ調べても確実な原因は分からなかった。

ただ私の魔力を検査した結果、普通とは異なる変質な魔力であった事から、それが制約魔法に何らかの影響を与えたのではないか、という推論が一番濃厚な線らしい。

実際魔力に何らかの変異を持った者は稀にいるらしく、その場合魔力のコントロールが普通よりも難しいのだとか。そういった者を『異質魔力保持者』と言うらしい。

私自身は、オートモードが切れた事に原因があるのではと思ったけど……そんな事言える訳無い。

結局、明確な理由は分からぬまま、私はまずは模擬杖を使わず専用の魔法道具で魔力のコントロールを身に着ける事から始める事になった。

グレイ先生の代わりに雇った家庭教師は、リンダ・ワークスというそれなりに年齢を重ねた女性だった。

太陽に照らされた稲穂の髪色と柔らかな芝生の瞳をしたおば様で、経験からくる寛容さと女性特有の母性を兼ね備えていた。勉学だけでなく魔法学にも深い知識を持った人らしく、『異質な魔力』を持った私に魔法を教えるには持ってこいの人材らしい。

実際授業を受けてみても、教え方も上手だし性格も素晴らしい人だった。

ただ一つ難点を挙げるとするなら、ものすっごく……ほめちぎってくれる事、だろうか。

一問正解するごとに身振り手振りを交えて絶賛するものだから……いたたまれない。だって私の解いているのは全て初等部レベルの問題なのだ。

何度も言うが、私の中身は高等部生五回分なんです。

二桁の計算が出来たり、小説を読んだり、国の歴史を覚えただけで褒め称えられても……喜び難い。むしろ辛い。

いい人なんだけどなぁ……何か、姪っ子に甘い叔母さんみたい。孫に甘いお祖母ちゃんとも言えるけど、そこまで歳は取ってないかな。

でも、そんな事些細な事だ。

死亡フラグに怯える事を思えば、おば様からの大袈裟な賛辞くらい甘んじて受け入れよう。

グレイ先生と離れた今、私に死亡フラグが立つ恐れはほとんど無い。

取り戻した平穏を噛み締め、過ぎた年月を数えて幾年。

気が付けば、私は九歳を迎えていた。

×　×　×

「平和過ぎて怖いわー……」

「意味分からない事言ってないで、さっさとやりなよ」

「はーい」

ケイトににべもなく一蹴されて、もう一度ノートに向き直る。

私達がいるのは、毎度お馴染み薔薇園。いつかのグレイ先生と私みたいに筆記用具を広げてお勉強会の真っ最中だ。

と言っても呼んだのは私で、ケイトはそれに付き合わされているだけなんだけど。

「何でいっつも俺を呼ぶかな……」

「だって、一人でやってたら集中力切れちゃったんだもの」

「俺がいても続かないじゃん」

「ケイトがいれば小言がついてくるわ」

「帰るよ」

なんて、ぶつくさ文句を言いながらも私に付き合って予習復習をしてくれるんだから優しい奴だ。

顔も綺麗な方だし、もう少し分かりやすく優しい言葉をかけられるようになればモテると思うのになぁ。

おっと、いけない。下手な事を考えてるとまた叱られる。

最近ケイトの奴私の考えを読み取れる様になってきたからなぁ。エスパー的な意味では無く、私がすぐ態度に出るから分かりやすいらしい。

いくら分かりやすいからってまだ十歳の子どもに考えてる事が筒抜けってどうよ？

「……マリア、手ぇ止まってる」

「あ……ごめんなさい」

「飽きたなら他のでもしたら？　持ってきてるんでしょ？」

「……そうする」

別に飽きた訳じゃないけど……下手に勘繰られても余計な事言っちゃいそうだし、合わせておこう。

筆記用具を片付けて、取り出したのは私の両手に収まるくらいの水晶玉。

勿論ただの水晶玉じゃなくて、魔法道具の一つ。

「……あ、台座忘れた」

「アホ」

「うるさい！」

顔に出して呆れているケイトには腹が立つけど、別に無くても出来るから気にしない。十歳児にアホ呼ばわりされたけど、一応私より歳上だし、全然大丈夫気にしない！

フーと大きく息を吐いて、水晶玉を持つ両手に力を込める。台座がある時は水晶玉に両手を翳してやるんだけど、今は無いし、正直こっちの方がやり易い。

力を込めて数秒、水晶玉の中心が鈍く輝き始める。

よし、今日こそ成功する！

「ッ……！」

さらに力を込めると、それに伴って輝きも大きくなっていく。

もうちょっと……！

「って……あれ？」

成功を確信してラストスパートだと思った時、急に光は弱まっていき、最後には消えてしまった。

「……失敗、だな。ドンマイ」

「いけると思ったのにー‼」

足をじたばたさせて抵抗するも、結果は変わらない。かれこれ半年続けているこの儀式は今日も失敗に終わった。

異質な魔力を持つのだと知ってから、私は魔法学を力を入れて学ぶようになった。オルセーヌさんが教えてくれた基礎を学び直す所から始まり、私の持つ『異質な魔力』についても。

そして半年前、リンダ先生から最終試験だと渡されたのがこの水晶玉。

この水晶玉は私の様な異質な魔力を持った人間……異質魔力保持者がコントロールを学ぶ為に使う魔法道具……魔法教材と言った方が正しいか。

この水晶玉に魔力を込める事で、異質魔力保持者は少しずつコントロールを身に着けていく。

そして完璧にコントロールを身に着けると、その証にこの水晶玉が模擬杖に変形するのだ。そうなればコントロールの勉強は卒業、晴れて模擬杖を使った実技に取りかかる事が出来る。

「今日は成功すると思ったのになぁ……」

「うん、惜しかったね」

「中等部に入るまでには成功したい……」

「大丈夫じゃない？　リンダ先生もマリアは筋が良いって言ってたし」

「そうだけど……無属性魔法ならケイトと練習出来るじゃない。一人でやるのはつまらないわ」

「……今現在俺を巻き込んでる人間のいう事？」

「それはそれ、これはこれ」

「アホバカ間抜け、猫かぶり令嬢」

「ちょっと待て、どこで覚えたそんな言葉」

こいつ年々口悪くなってない？　男の子ってこんなもんなの？　いやでもグレイ先生は優しかったぞ。八歳も歳下の女の子にこんな暴言吐いてたらドン引くけどさ。

売り言葉に買い言葉。私も同じ様にアホだのバカだの言うけれど、こんなのただのじゃれあいで二人共本気で相手を傷付ける気は無い。

適当な所で終わって、また普通に話し出すのが常だったが。

「マリアちゃん、いるかしらー？」

今日は珍しくお客さんが来たらしい。

「……お母様？」

「デリア様？」

「やっぱり、ケイト君と一緒だったのね」

いつも通り癒される笑みを浮かべて現れたお客様は、お母様だった。デリア様、っていうのはケイトが私のお母様を呼ぶ時の愛称。初めは奥様って呼んでたけどお母様が「おばさんとかで良いのよ」って言った事から色々あって、結局今のデリア様に落ち着いた。

「この時間ならここだと思ったの。お勉強の邪魔をしてしまってごめんなさいね」

「いいえ、もう終わった所だから」

「マリアの集中が切れたからね」

「ケイト！」

余計な事を言うな！　お口にチャック！

「ふふっ、二人は本当に仲良しね。マリアちゃんに少しお話があったのだけど」

「私に、ですか？」

それはまた珍しい。

私に話がある事でなく、お母様が態々薔薇園まで赴く事が、珍しい。

ここの管理者はケイトのお父さんだし、持ち主はお父様だけど、お母様はここよりも中庭がお気に入りらしく薔薇園には誰かと一緒の時にしか来ない。

私に用があったとしても、どうせこの後夕食を一緒にとるのだからその時にでも言えば済むのではと思う。

余程の急用？　にしては急いでいる様子はないし……なんだろう？

「何でしょう？」

「実はね、第二王子様の生誕パーティーの日取りが決まったの」

「え……」

第二王子……その単語に血の気が引いたのが分かった。

第二王子、二番目の王子、王位継承権第二位。そんな人、我が国には一人しかいません。よーく知ってます、覚えてます、出来れば忘れたい人ですけど。

お母様の言葉に耳を塞ぎたくて仕方がない。先に続く言葉を聞きたくない。

聞いたら最後、取り戻した平穏が脅かされる。

分かってます、分かってるけど……聞かない訳にはいかないのですよ。

「来月なんだけど、ご招待頂いたからマリアちゃんも一緒に行きましょうね！」

「ソウ、デスカ……」

口元にだけ笑みを作りながら私がその時考えていたのは、どうにかして来月までに体調を崩す方法だった。

怖いとか言ってごめんなさい。謝るからカムバック平穏……！

第二十一話 ドナドナ

乙女ゲームには、メインヒーローというものがある。

漫画やアニメというゲーム外の媒体の時、沢山の攻略対象の中からその人物のルートが元になって話が作り上げられ、最後はヒロインを勝ち取る事の出来るリア充の極み。パッケージで大きく描かれたり、キャラクター紹介でヒロインに次いで二番目に紹介されたりする。過去も未来もスペックさえも突出しまくりな王子様。それが乙女ゲームに於ける メインヒーローである。マリアベル・テンペストの偏見参照。

そしてこの『LinaLia』のメインヒーローは、ルーナ・ビィ・レオーノヴァ。クレーネ王国王位継承権第二位、つまりガチもんの王子様でございます。

ここで思い出してほしいのは、来月私も出席する事になった第二王子の生誕パーティーの事。

第二王子の生誕パーティー。

第二王子のルーナ・ビィ・レオーノヴァ。

メインヒーロー『ルーナ・ビィ・レオーノヴァ』。

嫌すぎる三角形に胃の中身がリバースしそうになったのはここだけの秘密。

×　×　×

お母様と話した後、私が使い物にならなくなった為お勉強会は終了となった。

自室のソファーに座り、さっき聞いたばかりの死刑宣告を思い出す。

「ルーナ王子生誕十周年記念パーティー……」

要するにルーナ王子の十歳になる誕生日を記念したパーティーって事ね。回りくどい言い方をしようと嫌なもんは嫌だ。何だよ十周年記念って、せめて二十歳の時にやれよ。成人こそ祝うべきだろ。

「お嬢様、そろそろ夕食のお時間ですが」

「あ、はい、今行くわ」

ぶつぶつ呟く私に何の躊躇いもなく話し掛けるアンは本当に強者だと思う。端から見たらホラーだったろうに。

まぁ彼女に恐怖を感じる感情があるのかは謎だけど。

魔法を学ぶようになって知った新事実がある。

この家にいる使用人の数は全部で二十三人。内訳はオルセーヌさん、庭師であるケイトのお父さんといった男性が七人、リンダ先生を含む女性が五人。

そして残りの十一人は皆メイドに分類されるが、皆性別という概念がない。

十一人は、人間では無く奉仕人形と呼ばれる魔法道具だ。

一見すると人間と何も変わらないが、服を脱ぐとマネキンみたいに間接の繋ぎ目があって、初めて見た時は思わず叫び声を上げてお母様に抱き付いた。動くマネキンとか恐怖絵図でしかない。

彼女達はメイド服に身を包み、男性と変わらぬ力を持ち、眠る事なく仕事を行う事が出来る。勿論魔法道具なので魔力が尽きれば電池切れを起こしてしまうが。

そして皆、恐ろしく美しいが、恐ろしく愛想が無い。

昔、私が使用人に嫌われていると思っていたのを覚えているだろうか？　お母様に会う機会をことごとく潰してくださった能面メイド。

それが、彼女達だ。

現在私に付いている三人のメイド『アン』『ドゥ』『トロワ』。ピクリとも動かない表情に何度心を折られた事か……オルセーヌさんに奉仕人形の事を習った日の事は今でも忘れない。思い出ではなくトラウマとして。

とは言え、晴れて嫌われてなかったと証明された時は嬉しかった。何より多少の奇行なら見逃してくれると分かった時はもう……心の底から安心した。

彼女達、皆気配が無いんだよ。そのくせ神出鬼没。

普通の能面メイドだと思っていた時は私室であっても文句を言葉になんて出来なかったからね。

でも今なら、私室でぶつぶつ呟いたってへっちゃらさ！

……呟く内容なんて無い方が良いけどね。

「お母様、お父様、お待たせしました」

いつの間にかついていた食堂にはすでにお父様もお母様もいて、私を待ってくれていたらしい。

現実から逃避してかなり遅い足取りだったから結構待たせちゃったかも……。

「ふふ、私も今来た所ですから大丈夫よ」

「急がずとも食事は逃げんからな」

「はい、ありがとうございます」

二人に笑い返しながら席に着く。

テーブルに並べられた料理はいつも通り、どれもとても美味しそう。

「では、いただこう」

「いただきます」

「いただきます……」

いただきます。お父様とお母様が仲直りした時からの習慣はいつもなら美味しい食事の合図なのに。

今日に限っては、地獄へ誘う悪魔の声に聞こえる。

「そう言えばマリア、ルーナ王子の生誕パーティーの事はもう聞いたか？」

来よったー！

「……はい、聞きました」

そうですよねこの話になりますよね、でもお父様ごめんなさい全力で話逸らしたい……！

とは言えそんな事実行出来るわけもなく、内心泣きそうになりながら平静を装って頷いた。

「やっぱり行ったか。夕食の席で伝えると言ったんだが、早く伝えたいと聞かなくてな」

「だ、だって……早く教えてあげたかったんですもの」

何その嬉しくない心遣い。

お母様、いつも優しくしてくれてありがとう。でも今回だけは全く嬉しくない……！

「ソレイユ様の生誕パーティーの時は、マリアちゃん体調を崩して行けなかったじゃない。だから今度はと思って……」

え、ごめんなさいそれいつの話？　身に覚えが……うん、無いな。体調を崩した事はあるけどソレイユ様の生誕パーティーとか初耳です。

ソレイユ様というのはルーナ王子の異母兄、つまり第一王子である。因みに私にとっては破滅の元凶となり得る、攻略対象と同等の要注意人物だ。

ルーナのルートで私ことマリアベルはソレイユと結託しカレンとルーナの仲を引き裂こうとする。

強化魔法に目をつけてカレンを自らの花嫁にしようとしたソレイユと、ルーナ王子を自分のものにしたいマリアベル。

利害の一致が共犯を生み、共犯が計画を生み、計画が決行されると私の運命は二通り。

失敗すればソレイユと共に国外追放、成功しても最後はソレイユに裏切られ、待っているのはご臨終。どっちに転んでも私には地獄への片道切符しか用意されていない。

マリアベルになったからこそ思う、乙女ゲームって悪役に鬼畜過ぎないか。それともマリアベルが性格グズ過ぎるからか。どっちにしても私に非はない。

「三年前にソレイユ様の生誕十周年記念パーティーがあったの。でもマリアちゃん、丁度流行り風邪にかかっちゃって……行きたくなったら可哀想だから伝えなかったのよ」

「そうだったんだ」

三年前の私グッジョブ。知らなかったとは言えナイスタイミング過ぎる。

あ、もしかしてそこで運全部使っちゃったの？　だから今回はサラッと出席の方向に流れてってる？

関わりたくない順位で言えば、今回はソレイユの方がご遠慮願いたいけど、だからと言ってルーナが許容範囲かと言えばそうじゃないから。どっちも会いたくないです。

「あの、お母様私――」

「新しいドレスはどんなのにしましょう？　マリアちゃんも大きくなったし、今回は少し大人っぽい感じにしてみようかしら」

「ベールデリアに任せるよ。オルセーヌに話は通してあるから、明日打ち合わせをするといい」

「はい！」

めっちゃ楽しそうですね。行きたくないですなんて言えないですよね。言った瞬間のお母様の顔を想像するともう……心が死ぬ。

私のドレスのデザインを想像してか、いつも以上に楽しそうに笑うお母様に「ルーナ王子に会いたくないから行きたくない！」なんて言える鋼鉄の心臓は持ち合わせていない。そもそもそんなメンタルだったらルーナ王子に会っても何とか対処出来るだろう。

私のハートは硝子では無いにしろ、プラスチックくらいの強度しかないんで。

「楽しみね、マリアちゃん！」

「……うん、そうだね」

今初めてドナドナされる子牛の気持ちが分かった気がした。

第二十二話 エンカウント率

風邪を引きたい。真面目にそう考えたものの、そう上手くいくはずも無く。何より私、結構体丈夫なんだよ。それこそ流行り病でも無い限り元気一杯で走り回れるくらいには。

一瞬仮病を使おうかとも考えたけど、私に医者を……その前にオルセーヌさんを騙せる訳が無い。私は顔に出やすいし、オルセーヌさんはびっくりするほど鋭いから。

そうやってうだうだしている内に話は進み、気が付くとパーティーは翌日に迫っていた。

今はお母様が中心となって選んだドレスや装飾品の最終チェックの真っ最中。

「マリアちゃん、大丈夫?」

「へ……っ?」

「最近あまり元気が無いように見えたから、ケイト君と喧嘩でもした?」

「いいえ、そんな事はないですよ」

喧嘩と言うか、私が一方的に不満をぶちまけはしたけど。

行きたくない、会いたくない、って喚いたら「行かなきゃ良いじゃん」って返ってきて、ぶちまける事は出来たけど発散は出来なかった。

それが出来れば苦労しねーよ!

「なら、良いのだけど……体調が悪かったりしたらすぐに言うのよ?」

「分かりました」

体調じゃなくて精神が絶不調です!

これを実際に口に出せば、私は明日行かずに済むだろう。お母様達は私が嫌がれば、そして理由に納得すれば、それをきっと叶えてくれる。

でも、言えないのは。言ってはいけないと分かるのは、私が紛い物でも貴族だからだろう。

上位貴族として、テンペスト公爵家の娘として、王族の、それも記念となる年の誕生パーティーに出席しない訳にはいかない。しかも今回は記念の年だからと私も名指しで招待を受けているから、尚更。

私なら会った事も無い人に祝われた所で嬉しく無いけど……王族貴族って見栄っ張りで面倒臭い。

「……うん、良さそうね。苦しくないかしら？」

「大丈夫です」

髪の色を引き立たせる白に近い灰色のドレス。腰に巻かれた太いリボンが可愛らしいけど、デザイン自体は今まで着てきたドレスよりも大人びている気がする。フリルもレースも少ないし、丈の長いスカートにはボリュームも無い。

うん、これは動きやすそうだ。

「当日は髪も高めに結わえましょうね。人が沢山いるだろうから涼しい方が良いわ」

簡単に私の髪を纏めて頭頂部へ持ってくる。突然遮るものの無くなった首筋を、ひんやりとした風が撫でていった。

気温自体はまだそこまで暑くは無いが、王族の生誕パーティーであれば人が大勢来る事は簡単に予想出来る。しかも今回は十周年記念、普通の誕生パーティーよりも規模は上がるだろうし、私も招待したという事は他の貴族の子ども達も呼ばれている可能性が高い。

………あれ？

何か今、物凄く気付きたくない事に気付いてしまったような――。

「あ……‼」

「あ、痛かった？」

「いっ、いえ、大丈夫です」

「じゃあ、明日はこれでいいわね。お疲れ様、マリアちゃん」

「は、はい。それではお母様、私お風呂に行ってきますね」

「そうね……じゃあドレスはアンにでも」

「失礼します‼」

ドレスの裾を脇に抱え込み、お母様の言葉を最後まで聞かずに部屋を飛び出した。

向かう先はお風呂……ではなく、私の部屋。

「お嬢様、お風呂に行かれるのでは？」

「後で！」

追ってきたアンが私の行動に疑問を呈したが、今の私はお風呂どころではない。

ガッタンガッタン音を立てて、這いずるように寝室へ飛び込みベッドの隣に置かれたサイドテーブルの引き出しを引きずり出す。中身は私の大切な大切な情報ノート。

ペラペラペラと捲(めく)ったページに書いてあった名前と情報に、私は力が抜けて足から崩れ落ちた。

書いてあったのは、二人の人名と情報。

ツバル・ミリアンダ、侯爵家子息。

ネリエル・ジュリアーノ、伯爵家末子。

「やっぱり……」

記憶違いの希望が潰えた。名前と家柄は初期に書いた基本情報だ、間違いではないだろう。

何故、もっと早く気が付かなかったのか。

もっと早く気が付いていれば全力で体調を崩したのに。

王族が開く、王子が誕生して十周年を迎えたという記念のパーティー。

貴族の、公爵家の娘まで名指しで招待する規模のパーティーに、他の攻略対象達が呼ばれていない訳がないのに。

第二十三話 希望はイージー、現実はルナティック

愕然(がくぜん)とするというのはこういう事なのだろう。ルーナ王子とソレイユ王子の事で他の攻略対象にまで頭が回っていなかった。

ツバルとネリエル、二人とも攻略対象だがルートの内容は真逆だ。

伯爵家の末子であるネリエルは、性格設定がとにかく暗い。いつもおどおどしていて、気弱で、

分かりやすく言うならば苛められっ子の典型例。モスグリーンのふわふわした猫っ毛やエメラルドグリーンの丸々した猫目、可愛らしい顔立ちの中性的な美少年なのだが、それを長い前髪と分厚い眼鏡で隠した陰気なキャラクター。

理由は彼の両親にある。すでに貴族社会に出ている二人の兄がとても優秀で、元々内気だったネリエルは事あるごとに比べられて育ってきた。

お前は駄目な奴だ、役立たず、恥さらし。

毎日のように浴びせられる罵詈雑言に、ネリエルの心は根本からぽっきり折られて一切の自信を失っていた。

そんな彼をヒロインは慰め、元気付け、次第にネリエルは明るさを取り戻していく。

ここまでなら、悲しい想いを心に抱えた美少年とそれを包み込む美少女の甘酸っぱい青春ラブストーリーなんだけど……それを良しとしないのが、皆様ご存じ悪役令嬢マリアベル。

明るくなった事で明らかになったネリエルの美しい容姿に目をつけ、二人が近付く事を嫌がり引き裂きにかかるのだ。

丁度その頃、ネリエルの父が外交に成功した事でテンペスト家との縁談が持ち上がり……うん、絶対マリアベル何かしたよね、タイミング良すぎだもん。

その後もすったもんだしながら、ハッピーエンドでは親とは縁を切り小説家として成功したネリエルはヒロインと結婚。めでたしめでたし。バッドエンドではヒロインと引き裂かれたネリエルは、マリアベルと結婚するくらいならと海に身を投げる。

私？　私はハッピーエンドならエピローグで没落、バッドエンドならネリエルの兄に色んな罪を着せられて処刑されます。

安定の悪役の末路ですね。でも私はネリエルに対してはそこまでの危機感を覚えていない。

確かに私の末路はいつも通りに明るくないものばかりだが、ゲームとしての彼のルートは本人の性格故か他に比べて穏やかな物なのだ。悪役の登場が一番少ないのも彼のルートだから、というのもある。


そして、その真逆を行くのがツバルのルート。

正直、彼のルートめっちゃ怖いんだよ。グレイ先生が一番関わりたくないと思ってたけど、訂正する。一番関わりたくないのはこいつだ。

ネリエルのルートが白ならば、ツバルのルートは真っ黒だ。いや、真っ赤かも知れない。

何故ならば彼のルートは一番人が死ぬ、と言うか死んでいる。勿論私も含めて。

ツバル・ミリアンダは侯爵家の子息で、一人息子とされている。

しかし実は彼、身分は平民よりも更に下、つまり奴隷なのだ。

ツバルの母親はミリアンダ侯爵が囲っていた娼婦で、彼女はツバルを生んだ二年後に女の子も生んでいる。父親は勿論、ミリアンダ侯爵。

しかしミリアンダ侯爵は、娘が生まれるとすぐ母と二人の子を放り出してしまった。家を追い出され路頭に迷った親子は、奴隷へと身分を落としてしまう。

スラム街での生活を強いられ、母は亡くなり妹も劣悪な環境から病に伏せっていた……そんな時、ミリアンダ侯爵の本妻との間に出来た跡継ぎが亡くなるという事態が起こる。

ただ一人の跡継ぎ、一人息子。ミリアンダ侯爵は考え、思い付いた。

昔娼婦に産ませた男子、ツバルの存在。ツバルを息子として、跡継ぎとして迎え入れようと。

勿論、ツバルは嫌がった。

たとえ貴族になれるとしても自分達を苦しめる元凶に降(くだ)りたくなど無い、と。

しかし、ツバルには病を抱えた妹がいる。

妹への薬と引き換えに、ツバルはミリアンダ家に入る事となる。

それが侯爵家の子息、ツバル・ミリアンダの誕生である。

ここまででもうすでに暗いだろう。そしてツバルはこの過去に相応しく性格を歪めていた。

何て言うんだろう……ヤンデレ？　デレ見た事ない私からすると病んでるって印象だけど。

ミリアンダ家に入ってから出会ったルーナ王子とは幼馴染みの関係なのだが、カレンへの接触も元々ルーナ王子と関わる女を見極める為だ。

いくら王子様だからって、幼馴染みの為にそこまでするか？　私はケイトの為にそんな事しないぞ。

この時点でツバルの『愛情』が重いのは理解していただけたと思う。

因みにツバルのルートはルーナ王子のルートからの派生だ。ルーナ王子とある程度関わるとツバルが小姑みたいに登場する。

そしてそこからツバルを攻略しようとすると……はい、お邪魔虫のお出ましです。

ツバルとヒロインがいい感じになってくると、ミリアンダ侯爵の命令でマリアベルと婚約する事になるんですねー。私は絶対嫌だけどなこいつだけは。

ツバルのルートでマリアベルは妹にまで嫉妬し、彼女とカレンの殺害を企てる。自分でも信じられなかったけど、マジでやりよったのよマリアベル。

ハッピーエンドでは暗殺は失敗、マリアベルは殺人教唆で逮捕。バッドエンドでは暗殺は成功、ヒロインと妹を失い復讐に取り付かれたツバルに惨殺されます。

本当に怖い。ハッピーでもバッドでも怖い。オートモードの時ですら恐怖だった。

よりによってなんでこんな面倒な奴を忘れてたんだ……！

「明日……死ぬかも」

勿論物理的では無く精神的な意味で。

×　×　×

一晩経って、絶望気分のマリアベルです。

夜通し考えたけど、ルーナとツバルへの対策は思い付かなかった。ネリエルの事はすでに頭から消えている。

ルーナだけでも四苦八苦なのにツバルまでなんて……無理ゲー過ぎだろ、難易度はイージー希望なんですけど！

「マリアちゃん、準備出来た？」

「はい、入ってください」

「失礼……まぁ、やっぱりよく似合うわ！」

「綺麗だな、マリアベル」

私の着替えやヘアメイクをしていたアンが下がって少し。入室の許可を出すとお父様とお母様が入ってきた。

二人とも私をとても誉めてくれるけど、私からすればお二人の方がびっくりするくらい綺麗です。

誕生パーティーといっても相手は王子様、式典並みの仰々（ぎょうぎょう）しさに相応の装いが義務付けられてるんだろう。いつもは控えめなお母様ですら今日は煌びやかに飾っている。

二人とも九歳の子どもがいるようには見えない。

「キルア様、お車の用意は出来ていますよ」

「今行く」

それじゃあ行こうか、と言うお父様に、笑顔を返せる訳も無く。

私は丸腰で戦場に赴く無謀さに泣きたくなった。

第二十四話 キャラ被ってません？

吐きそうな心境でたどり着いた会場は……端的に言うと、えげつなかった。

王族ですし、お城なのは全然想定内。我が家も豪邸だけど所詮は一貴族、王族相手じゃそりゃ劣りますよ。

でもね、それでもさ、端から端までが認識困難な程の広さの会場なんて思わないじゃん！

「…………」

唖然、茫然、驚愕。私の現在の心境は三つの言葉で言い表せる。現実逃避しようにもギラギラ光り輝くシャンデリアが眩しすぎて現実直視しか出来ない。苛めか。

お父様とお母様は挨拶回りに忙しいし、それは他の貴族の親達もそうらしい。気が付けば子どもは子どもだけで、デザートやジュースのあるコーナーに固まっていた。

立食形式だが、やはり招待客の層に合わせている為どうしても大人寄りの料理が並ぶから子どもは手が伸びづらい。それに子どもはご飯よりお菓子が好きだ、多分。少なくとも私はケーキの方が惹かれる。

今のところ、ルーナ王子にもソレイユ王子にも、新しく浮上したツバルにもネリエルにも会っていない。王子は忙しいだろうし、大人より少ないとはいえ子どもも中々の数だ。

……ケーキ、食べても大丈夫かな？

甘くて華やかで、かつ美味しそうなケーキの山が目の前にあって我慢出来るわけがない。だって、マリアベルは九歳だし！

「……ん、んまっ」

試しに取ったカップケーキはとても美味しかった。スッゴく鮮やかなピンクだったけど……見た目によらないもんだね。それを選んだ私も私だけど。

流石王族の誕生パーティー。外れが無さそうだ。

クッキー、マカロン、フィナンシェ、シュークリーム。あまりたくさん食べられないから全部一つずつ取ってみて、お皿の空き具合を確かめる。

「ブラウニー、無いかな」

チョコレート系が食べたいなぁ。これだけの種類があるならどっかに有りそうなんだけど……出来ればあまり動き回りたくない。

横着してるんじゃなくてばったり出会っちゃう危険は避けたいから。

「本当に変わった瞳の色なのね」

「……………ん？」

キョロキョロと近場にお目当ての品が無いか探していた時近くからした声は……多分、私にかけられたものだと思う。

声につられて振り返ったら、腕を組んで私を見つめている女の子が七人。七人が私に用があると言うよりは、センターの子が残り六人を付き合わせている、という感じ。

何と言うか……物凄く親近感を覚える光景だな。

高等部でのマリアベルもこんな風に取り巻きを引き連れてカレンへの嫌味と嫌がらせをばら蒔き続けていた。悪意のバーゲンセールみたいでしたよ。貴族なのに大安売りだなんて経済的だよね。

勿論皮肉です。

「テンペスト家のご令嬢、マリアベル様ですわね？」

「そうですけれど……失礼ですがどなたかしら？」

私の言葉に取り巻き達の目がつり上がる。

え、何、初対面でしょこの人。そっちだって私の顔と名前に不安があったんだよね、疑問符見逃さねぇぞ！

「王族の分家筋に当たる、フランシア・セトネ・タイガーソンと申します」

分家……ルーナ王子の親戚みたいなもんか。顔立ちはあんまり似てないし、髪の色とかも違うけど。

ルーナ王子やソレイユ王子は銀髪だけどこの……フランシア様はブロンドだし。きつめの縦巻きにはよく似合っているけど。

あ、目の色は同じ碧だ。でも碧眼はありふれてるから似てるとかの判断基準にはならないな。歳は多分私より、いやルーナ王子よりも上かもしれない。顔立ちでは判断し辛いけど、身長的にみて、多分。

思わずまじまじと観察しちゃったけど、王族の分家さんが私に何の用ですか？

「あなたの事は聞いてますわ。何でも属性持ちの発見に貢献なさったとか」

属性持ちって、グレイ先生の事だよね。

属性持ちが中等部への入学前に見つかる事は少ないから、ある程度噂になったりするのは仕方がないと思ってたけど……私は貢献したのでは無く原因を作っただけなんですが。

間違った伝わり方してる気がするなぁ。

「私は何も……むしろ私が彼に助けていただいた方ですから」

「あら、そうでしたの」

そうなんです。

噂が正しく伝わる事は無いだろうけど、せめて直接聞かれた分だけでも訂正しておかないと。どこから尾ひれやら背鰭やら胸鰭やらがつくか分かりゃしない。

私の言葉を聞いたフランシア様は納得したと言わんばかりに何度も頷き、そして笑った。

何か……この笑い方知ってる。

「皆がとても評価なさってるから期待していたのだけれど……やっぱり、噂は噂ですわね」

あ……思い出した。

この表情、この口調、私もよく知っている。

「所詮は――ウィンプト家の血を引く人間ですもの」

これは、マリアベルがヒロインを見る時の表情、ヒロインと話す時の口調。

人を、侮辱し嘲笑う時のそれ。

「身分も弁えず公爵家に嫁ぐなんて、身の程知らずの血統に期待をした私が間違いでした」

センターの、フランシア様が一歩私に近付く。

腰を少し折って私と目線を合わせると、嘲りの笑みが消え、ただただ無表情で侮蔑の視線を向けられる。

「本当に、気持ちの悪い瞳だこと」

第二十五話 スルースキルは完璧だってば

その言葉に、マリアベルがヒロインにしてきた仕打ちを思い出す。

因果応報、自業自得、身から出た錆。目の前で罵倒され嘲られ、最低最悪の悪役令嬢だとは分かっていたが、自らに降りかかると余計に認識するマリアベルの最低さ。

本当に、よくこんな事やってたなあいつ。

「そんな瞳をよく人前に晒せますわね。テンペスト家の血が少しでも正しく受け継がれているなら、ルーナ様の記念すべき生誕の日にそんな物を見せられる訳がありませんわ」

よく回る口だ。サラサラと何の抵抗もなく人を陥れられる人種、マリアベルとそっくり。

子は親を見て育つ。私はすでにある程度育っているからそうでもないけど、彼女達は親を見てこうなったんだろう。

さっきから蔑むのはお母様やウィンプト家の事ばかり。つまり彼女達の……いや、フランシア様の親は伯爵家の娘であるお母様と公爵であるお父様の結婚をよく思わない人間という事か。目の色の事を言ってくる辺り、よく見てるし学んでる。

まぁね、貴族だし、身分の差とかうるさいとは思ってたよ。特にお父様とお母様は身分だけでなく容姿にも差が大きいから。私はお母様好きだけど、客観的に見たら確かに派手さがなくて地味な方だと思う。お父様がド派手だから並ぶと余計に分かるけど。

しかしまさか、私に本気で突っ掛かってくるとは。

王族の分家だからかな……公爵家くらい何でもないってか？

まぁ、別に良いけどね。

「私は自分の目を気に入っていますけど」

「……趣味も悪いのね、可哀想に」

どんなリアクションを期待していたのか。

泣きも喚きもせず、それどころか顔色一つ変えない私にフランシア様は不快だと言わんばかりに眉根を寄せた。

泣いてほしかったのか喚いてほしかったのか、それとも怒ってほしかったのか。とにかく自分の言葉に感情を左右される様を見たかったんだと思う。

でも悪いけど、こちとら伊達に五周も悪役やってない。

やる側がやられる側に何を求めるのか、分からなかったら人間はあそこまで堕ちない。

「フランシア様にとって私の瞳が悍ましい物であったとしてもそれは仕方がありません。私の見目をどう感じるかは人それぞれですから」

事実、嫌われてしまったならしょうがないと思っている。私が何かしでかしたなら謝るが、私の容姿が気に食わないならもうどうしようもない。整形しか方法がないし、そこまでするほど彼女からの嫌悪感に対して思う事はないから。

死亡フラグに怯える事を思えばこのくらいどうって事はない。驚いたし、意味不明だなーとは思うけど、それだけ。

「ですから、私の目が不快であるならそれで構いません。私を視界に入れないよう、お気を付けて」

最後に、ニッコリと笑ってやった。これで終わりだ、という意味を込めて。

さっさと終わらせないと騒ぎになる。子どもが集まっているど真ん中、しかも一対七だからさっきから視線が痛いんですよ。

　こっちは目立たずに今日を終える事だけが目標なのに、何でこんな事で脅かされにゃならんのだ。

「ご用がなければ、失礼」

　足取り軽く、フランシア様ご一行に背を向ける。

　慌てず騒がず優雅に、何でもないんですよーって風を装って。

　視線が背中にグサグサ刺さっている気がするのは断じて気のせいだ。

　あ、ブラウニー探すの忘れた……。

×　×　×

　光線みたいな視線を抜けて、壁際に並べられている椅子の一つに座る。取ってきたスイーツ達を楽しむ為に、出来るだけ目立たない、子ども達の集まりに近からず遠からずの場所を選んだ。

　お皿にはまだ空きがあるしブラウニーに未練はあったけど、あそこに戻る度胸はない。

　未練を断ち切るようにサイドテーブルにお皿を置き、クッキーから手を付ける。マカロンもフィナンシェも美味しい。

　流石王族のパーティー、どれも絶品ですね！

　量も大きさも大した事無かったので順調に食べ進め、最後に食べたシュークリームはダブルクリームでカスタードと生クリームが詰まった物だった。

美味しかった、ブラウニーは無かったが大満足。

しかし、甘いものを食べると、喉が渇くものでして。

「紅茶でも持ってこようかな……」

出来れば緑茶が良いけど、庶民の飲み物と言われるそれがここにあるわけ無いし。ジュースは糖度が高すぎて逆に喉渇きそうだったからなー。

ここは無難にストレートティーでも飲もうかな。

「こちら、どうぞ」

「え……？」

お皿も片したいし、そう思って立ち上がろうとした。結果その前に声をかけられた訳だけど。

スカートを叩いている最中だった為俯けていた顔を上げる。

まずは、真っ白なティーカップが目に入った。白に飲み口のところだけ青く縁取られた、シンプルだけど品のあるデザイン。

次には、水色。

空よりは水を連想させる色合いで、私が知るよりもずっと短いけれど面影を残すそれは、私を絶句させるに十分な効果を発揮した。

「な、何で……」

「紅茶をご所望の様でしたので、よろしければ」

「いえ、あの、そうでなくて……！」

何で、あなたが私に普通に話しかけてくるんですか！

初対面！　そして出来れば会いたくなかった相手！　勿論私にとってはだけど。

「……あぁ、すみません。名乗りもせずに失礼でしたね」

ニッコリと笑ったその人はティーカップをサイドテーブルに置くと胸に手を当てて頭を下げた。

「私はミリアンダ侯爵家の長子、ツバル・ミリアンダと申します」

第二十六話 神って疫病神の略ですか

説明してください、誰か、今すぐ、状況の説明を！

なんて脳内でどれだけ叫んでも聞き入れてくれる人がいるわけ無いんだけど。

でも何故だ、さっきまで影も形もなかったのに。

私がスイーツに夢中で気付かなかっただけ？　そんな馬鹿な。

「……マリアベル様でよろしいですよね？」

「っ、は、はい。マリアベル・テンペストと申します」

動揺しすぎてツバルを見つめたまま固まってしまっていた。不審……と言うか、困ったような笑顔で見られて漸く我に返った。

動揺は現在進行形だけど、それ以前に私は貴族でここは社交場の一種。相手に自己紹介をさせておいて自分は呆けて無視するなんてあり得ない。

慌てて立ち上がり、ドレスを軽く摘まんで頭を下げた。

「存じております。テンペスト家のご令嬢で、とても優秀な方だと」

「いえ、私は……」

「先程も見事にあしらっておられた」

「っ……」

フランシア様と同じ事を言うのかと思った。罵倒の方ではなく属性持ちの方。だから否定しようとしたが、次いだ言葉には何も返せず曖昧な笑みを浮かべるしかなかった。

見られてたのか、さっきの。目立っていた自覚はあったけど近くにツバルがいたとは思わなかったのに。

私の警戒心ってあんまり当てにならないかも。

「……それを、言いにいらしたんですか？」

嫌味なのか称賛なのかは知らないがさっさとどっか行ってくれ。

「いえ、私はあなたとのパイプ役を頼まれただけです」

「パイプ……？」

パイプ役。人や組織の間に立って両者の間の橋渡しをする役割の人の事。

……嫌な予感しかしないんだけど。

「ツバル、もう構わないか」

「ルーナ……呼ぶまで待てと言ったろう」

ツバルの後ろから現れた、銀髪碧眼の男の子。

着飾った人間が集うパーティーという場において、誰より耀く(かがや)この人こそ、本来ならおめでとうと祝福するべき本日の主役。

ルーナ・ビィ・レオーノヴァ様。

「…………」

貴族として、目の前に王子がいるこの状況で取るべき行動は頭を垂れて祝福をのべる事だけだが、ごめんそこまで頭回ってない。

ハクハクと空気を排出する事しか出来ない。

ただ、私の想定していた中で結構悪い方の事態である事は間違いない。

ツバルと話しながらもルーナ王子の目線は私から外れないし、これで背を向けて逃げ出したら確実に殺られる。不敬罪か何かで殺られる、多分。

「マリアベル・テンペスト嬢」

「っ、は、はい！」

いきなり呼ばないで、心臓に悪いから。

「先程は、我が血縁の者が失礼を言ったようだね」

「血縁……って、フランシア様ですか？」

「あぁ」

ツバルもだけどさ、何で知ってんの？　あの時近くにいなかったよね？

「現場を見ていた方が教えてくださったんです」

なんて、余計な事を……！

思わず舌打ちしそうになった。してないけど。

王子様の前で、そして私はお嬢様で、舌打ちなんてしたらヤバイ理由が多すぎる。

「フランには俺の方から言っておく、すまなかった」

「いえ、大した事ではありませんから……ルーナ様のお手を煩(わずら)わせるほどの事ではございません」

と言うか、申し訳ないけど余計な事しないでください。

王子様に謝らせてるだけでも問題なのにそんな事したら余計に目立つ。

……もうすでに目立ってるとか言わないで。

「大した事ではない、ですか……マリアベル様だけでなく、お母様のご実家まで悪(あ)しざまに言われたと聞きましたが」

この二人に報告した人、どれだけ詳しく言ったの？

フランシア様の声は大きかった訳じゃないけど小さくもなかったし、目立ってた自覚もあったけどさ、そこまで詳しく言わなくても。

いくら王族の分家とは言え、私にあそこまで言ったのだから問題にはなるだろうけど……何でわざわざこの二人に言うかな。

大人選べよ、それかもう無かった事にしてくれれば良かったのに……！

ツバルもルーナ王子も物凄く疑いの目を向けてくるんだけど……これは言わなきゃ解放されない感じか。

「……目の色の事を多少言われただけです」

かなりはしょったけど嘘は言ってない。事実メインで言われたのは目の色の事だったし。血統がどうとかは……正直あんまり聞いてなかった。

「確かにマリアベル様の瞳は珍しい色味ですね」

「だとしても、それは非難される事ではないだろう」

……何故だろう、恐怖対象から正論が出てくると凄く違和感。いや良い事なんだけどさ、何か……びっくりする。

「私は気にしていませんから、お二人もお気になさいませんよう」

「だが……」

「価値観は人それぞれ。私の目を美しいと見るか不気味と見るか、それは皆様にお任せします。私自身はこの色を気に入っていますから、他の方がどう思おうと関係ありません」

だから不問にしてくれ、正直この事を大きくされると面倒臭い。

「ですから、王子も気になさらないでくださいませ」

そろそろ笑顔キープが辛いぞ。ついでに喉の方も水分がなくなってきてる。

持ってきて貰った紅茶飲んだら……うん、ダメな気がする。私の為のようだけど、持ってきたのがツバルだし。

何でも良いけどさっさとどっか行ってくれ。

「しかし――」

「ルーナ、お言葉に甘えてはどうだろう」

助け船を出してくれたのは、ツバルだった。

まさかのところから、だがしかしグッジョブ！

「公爵家の令嬢に分家が暴言を吐いたとあっては……どんな騒ぎになるか分からない。幸い陛下や他の大人には伝わっていないようだし」

よし！　そのまま！　そのままルーナ王子の気持ちを折ってしまえ！

「……俺は、そういうのは好かない」

「知っている。でもこのままではマリアベル様にもご迷惑だ」

でも私を引き合いには出さないで……！

「正しくフランシア様を断ずるとしても、それはマリアベル様の与り知らぬ場でやるべきだ。彼女がそれを望んでいないのだから」

「……分かった」

全く嬉しくないハラハラドキドキで事態を見守っていたが、どうやらツバルはルーナ王子の説得に成功したらしい。

ありがとう、今のでほんの少し好感度上がったよ。マイナススタートだからプラマイゼロにすらなってないが。

「では今回はマリアベル嬢の寛大さに甘えるとしよう」

「ありがとうございます」

寛大なんじゃなくて怠惰なだけだけど。

フランシア様、今の私よりは歳上だとしても高等部生ではなさそうだったし。中等部生くらいだと思う。

そんな相手に暴言吐かれたくらいで躍起になって迎え撃ったりしません。思春期とか反抗期とか色々あるんだろうなーって思えば可愛らしいもんだ。

「ツバル、俺は挨拶回りに戻るから」

「あぁ、分かってる」

「よし……ではマリアベル嬢、失礼」

肩にかかったマントを翻して、私に背を向けたルーナ王子。

諦めてくれたのは嬉しいんだけどさ……。

「……あの、ツバル様は行かれないんですか？」

「私はルーナの挨拶回りには関係ありませんから」

私の隣には、まだツバルがいる。

関係ないならなんで一緒にいたの……って、聞きたかったけど聞いたら話を蒸し返す事になりそうだからやめた。

ルーナ王子、この人も連れてって。

「またフランシア様のような者が出ないとも限らないので」

どうやら護衛をしてくれるらしい。

それはありがとう、でも私はあなたの隣にいるくらいなら絡まれた方がマシです……！

「紅茶、ぬるくなってしまいますよ？」

「……ありがとうございます」

第二十七話 雨を凌ぐ傘であれ

この人も大概マイペースだな。キャラ設定は策士で腹黒だけどマイペースも加えた方が良いんじゃないか。それともまだ幼いから策士とか腹黒よりもマイペースが勝(まさ)ってるだけ？

「……………」

沈黙が痛い。でも喋ることがない。余計な事を言ってしまわないかが気掛かりで口が重い。

どうしようと色々考えを巡らせてはみたものの、結局名案は浮かばず目の前の紅茶に集中することにした。

いやー、美味しいね。すっごく美味しい。緊張しすぎで味わかんないけど。

「意外でしたね」

元の椅子に座った私の隣に陣取ったツバルがいきなり声をかけてきた。沈黙もそれなりに痛かったけど話しかけられるのもそれはそれで嫌だ。

とは言え無視する訳にもいかず、中味を半分程飲んだカップをソーサーに置いて、ツバルに向き直った。

「何が、ですか?」

「テンペスト家の令嬢であるあなたはもっと……貴族らしい方なのだと思っていました」

貴族らしい貴族。それが誉め言葉でないのは明白だ。言い方は丁寧だが、つまり彼は私をフランシア様側の人間だと思っていたと。

確かに顔面的にはその通りですけど。元々そういう設定のキャラクターだから、本家と言っても過言じゃないですし。

「あなたが言えばフランシア様はただでは済まないでしょう。事実彼女はそれだけの事をした」

なのに何故、あんなにも簡単に許してしまったのですか。

ツバルが言いたいのはそういう事なのだろう。皆までいわなくても言葉の端々にトゲが沢山、彼の言葉が具現化したらきっとウニみたいだと思う。

ツバルの貴族に対するイメージは、底辺だ。その理由も把握しているが仕方のない事だとも思う。実際、貴族は大なり小なり難のある人間が多い、勿論私の両親も含めて。裏表のない純真無垢、清廉潔白な人間は貴族社会という閉鎖的かつ特殊な場所では生き辛かろう。グレイ先生の両親が良い例だ。

人の上に立つがゆえに、人と同じものを見る事が出来ない人種。人を使う事には長けていても人を気遣う事には不得手で。

マリアベルはあからさますぎだと思うけど、貴族として括れば彼女くらいの我儘で最低な性格の持ち主は少なくない。

とは言え大抵の人は上手く隠すし、どれだけ残忍な事を思っていても実行に移さないだけの分別はある。マリアベルには無かったけど。

だからツバルは、本来なら王族の『分家』相手に公爵家の私が、断罪を希望しない事が不思議でならないらしい。

普通の貴族であんな風に罵倒されて黙っていられるはずがないと、そう言いたいらしい。

確かに悪役令嬢なら、自分を罵倒した相手に情けなんてかけるはずないけど。

確実に完膚なきまでに叩きのめすだろうけど。何も悪くないヒロインに対してですら犯罪万歳の精神で苛め抜いたような奴だからね。

でも今の私は悪役令嬢ではない、ただのマリアベルなので。

「私は身分をひけらかす事に意味を感じません」

「……ほぅ」

私の答えに今まで柔らかな笑顔でこっちを見ていたツバルの表情が変わった。

口元は笑顔のままだけど目が笑ってない。不気味なのは私の先入観から来る印象だから変わらないけど。

言ってから、ヤバイと思った。もう遅いけど、後悔は先に立ってくれないからね。

「貴族であり、公爵家の血筋に生まれた以上は勿論相応の責任はあると思います。遠い昔、この地位を得るだけの功績を残した先祖に対する尊敬の念も忘れてはなりません」

今、私が貴族でいるのは私ではなく先祖の、そして今までその地位を護ってきた歴代当主の功績だ。

自らの物と錯覚してはならない。

でも全く関係ないと手放してはならない。

「貴族として生きる責任と誇りを忘れてはならない。でもそれは、身分を笠に着て周りを見下す事ではありません」

上に立つ者として、自らの下に人がいる事を忘れてはならない。自分の立つ位置が人よりも高い事を忘れてはならない。そこに立つ者としての、責任を忘れてはならない。

貴族の下には平民がいる。平民は操るべき存在だと思う。部下として、貴族が上に立ち使うべきだとも。

でもそれは彼らを使い捨てるとか軽んじているとかでは無い、そうあってはならない。

貴族は平民を使う。そして何かあった時、使う側の責任として彼らを護る。

彼らを盾に自らを権力の笠で護るのでは無く、自らの権力を傘にして彼らが濡れない様に庇護(ひご)する。

貴族とは、本来そうあるべきだ。

「あの時、フランシア様は私の瞳が不快だと仰っていました。それは彼女の個人的感想、価値観の差違です。貴族として裁くに値(あたい)する事ではありません」

あれは罵倒ではない、価値観の違い。断ずる様な事柄じゃない。身分が違うから問答無用で一刀両断なんてただの暴挙じゃないか。

……という、建前。本音は「これ以上その話題に触れてくれるな」です。

ツバルはルーナ王子の幼馴染みだし、ルーナ王子自身はフランシア様は裁かれても仕方ないって感じだったから、この人に下手な事を考えられると困るんだよ。ストッパーでいてもらわないと。

「へぇ……」

「っ……」

相槌を打っただけ、私の話に頷いただけ。

なのに何故だか今一瞬……寒気がした。

背中を這い上がるゾッとした感覚に身を固くした私だったが、その感覚が再び襲ってくる事はなかった。

ツバルの表情も出会った時と同じ、感情は乗って無いけど愛想笑いにはなっている。

今の、気のせい……？

「やはりマリアベル様は優秀でいらっしゃいますね。そのお歳でそこまで考えているなんて」

「あ……いえ、全部大人の方からの受け売りです」

「だとしても、きちんと学んでいる証拠じゃありませんか」

「あ、ありがとうございます」

誤魔化せた……のか？　分からないけどもう一度話を戻す気にはなれない。確実に墓穴を掘る。

九歳なのに難しい事ペラペラと語っちゃったし、うっかり年齢忘れてた。

その後は出来るだけ話さず、聞かれた事にだけ答えている内にパーティーは終了した。

座ってただけなのに物凄く疲れた……会話の内容、ほとんど覚えてないや。

❀第二十八話 恐怖の後だから余計に嬉しい

恐ろしく精神を磨耗したルーナ王子の誕生パーティーから数ヶ月。

ツバルとルーナ王子と関わった事が心配だったけど、特に現状が変わる事もなかった。ただ私宛に薔薇の花束がツバル名義で贈られてきた時は戦慄したけど、どうやらフランシア様の件に対する物らしい。

ルーナ王子からじゃなかったのは不思議だったが、王子から花束なんて余計な詮索を招きかねない。それを考えたらまだ侯爵家のツバルからで良かったと思うべきだろう。

贈り主に関係なく薔薇は綺麗だし、ケイトのお父さんに任せたら綺麗に花瓶に生けてくれた。

部屋に飾ろう……と思ったけど相手が相手で怖かったから、私の入り浸り先である薔薇園に置くことにした。

「……すっごい大きさ」

「おじさんが数えたら九十本あったって」

「そこって普通は百本じゃないの？」

それは私も思ったけど、薔薇は送る本数にも意味があるから百本は困る。ツバルがそれを知っているかどうかは知らないけど……知ってそうだなあいつなら。

中性的で綺麗な顔をしてるから、薔薇とか花が似合いそうだし。

「でも良かったじゃん、こんなのもらえるって事は楽しかったんでしょ？」

「……思い出させないで」

ケイトの言葉に思い出したくない恐怖体験が脳内に再放送されだした。一回思い出すと中々頭から消えてくれないんだよ。

「よしケイト、何か面白い事言って」

「どんな無茶振り」

「思い出させたのはケイトじゃない」

「知らないよ」

呆れたようにため息をつかれた。

本気でケイトに面白い事期待してるわけじゃないけど……せめて少しは慰める素振りくらいしようよ。幼馴染みが冷たくて悲しい。

「……はぁ」

しょんぼりと肩を落としていたら、二回目のため息が聞こえた。それに私が反応するより先に、頭に何か載った感触がした後ぐしゃぐしゃと髪をかき混ぜられた。

「っ……!?」

「お疲れさま、頑張ったね」

わしゃわしゃわしゃ。犬を撫でる時みたいに加減無くかき混ぜられた髪は、元々の私の髪質もあってぐっしゃぐしゃだ。

口調はぶっきらぼうだし、行動は突発的で力任せだし、女の子の慰め方としては赤点だけど。気心の知れた幼馴染みに対してなら高得点だ。普段全く慰めたりしてくれないから余計に。

「……ケイト、成長したね」

「うるさい」

「あたっ」

感慨深いなぁなんて思って染々と頷いたら、最後にぺしっと叩かれて頭から離れていった。暴力反対。

「いいから、今日もするんでしょ！」

珍しく声のボリュームがいつもより大きかったケイトだけど、私は見逃さなかった。髪の隙間から見えたケイトの耳が赤かった事。

「ふふっ」

「……何？」

「何でもなーい。よし！　今日こそ成功してみせる！」

追及したら怒られそうだから話を変えた。

持って来た水晶玉を両手に深呼吸。何か今日は行けそうな気がするんだよね！　根拠無いけど！

いつものようにギュッと両手に力を込めると水晶玉が光り始める。

中心から溢れ出た光は段々と大きくなっていって、手の中では水晶玉が小刻みに揺れていた。

あれ、これは……いけるんじゃない？

「っ……！」

今までよりずっと大きな反応に期待が高まる。

指先が白くなるくらい手に力を込めて、私は念じた。

来い、私の模擬杖……！　もう九歳だし、そろそろ魔法の使い方を実技で学びたい！

座学は良好、後は実技を学んで中等部に備えるだけ。

それにはこの模擬杖が必要不可欠なんです。

「――――っ⁉」

「マリア……ッ」

突然、水晶玉が熱をもった。

突然すぎて思わず水晶玉を放り出してしまう。

ゴトリと音を立てて床に落ちた水晶玉は割れる事無く、それどころか光を放ったまま震えている。

ケイトが心配そうに駆け寄って来てくれたけど、私はその光景から目が離せなかった。

この光景は、あの時に似てる。

グレイ先生の属性が発覚したあの一件に。

「ケイト危な……っ」

「っ……！」

危ない、そう言うつもりだった。

言い切る事は出来なかったけどちゃんと伝わったと思う。私の声にケイトの表情が変わったから、きっと。

ただケイトがとった行動は私の考えとは真逆だった。

危ないから離れてほしかったのに、あろう事かケイトは私を抱き締めるとそのまま光に背を向けた。

あの時の、グレイ先生みたいに。

「ケイト……!?」

「黙って」

ケイトが私の顔を自分の胸に押し付ける。私の視界を埋め尽くした、ケイトの服の青色。

でも分かる。感じる。魔力が増している事、光が強くなっている事。

あの時と同じように。

違うのは意識を失ってしまったあの時と違って、今私の五感は正常に機能している事。

だから感じる、膨らんだエネルギーの大きさ。

風船みたいに、限界を迎えたら破裂しちゃう。

「――――」

もう駄目、限界だ。

直感的にそう思って、押し付けられていただけの顔を自分からもケイトの胸に埋めた。

二人してぎゅうぎゅう抱き締め合って、衝撃を待っていた……のに。

「……あれ？」

何にも、来ない。

膨らんでいた魔力は濃度を保ったまま小さくなっていって、そこにあるのは分かるのにさっきまでの攻撃力はどこにもなくて。

ケイトも気付いたのか、手に込めていた力が段々と抜けていって、最後にはその手は私の背中と頭から外れていた。

「マリア、さっきの……」

「う、うん……」

何が起こったのか、二人して顔を見合わせて疑問符を浮かべた。しばらく二人でそうしていたけど、じっとしていても解決しない。

手を繋いで、ゆっくりと立ち上がる。

音を立ててはいけない訳でもないのに忍び足で足音を消して、そろりそろりと原因である水晶玉に近付いた。

でもそこにあったのは、水晶玉ではなくて。

「っ、これ……！」

「……あぁ」

水晶玉が落ちていた場所にあったのは、紺色で先に水晶の欠片がついた棒。

つまり、魔法の杖。

「やった……やった！　これって成功だよね⁉」

「うん、おめでとう、マリア」

「ありがとう、ケイト！」

約一年の苦労がやっと実を結んだ瞬間だった。

これで実技が始められる！

第二十九話 波乱とか望んでない

やっと始まった実技の授業はとても楽しい物だった。

元々普通の勉強はつまらないから苦手だし、知らない事を知る方が楽しい。それがファンタジーの世界を実感出来る魔法なんて夢の科目なら余計に。

まずは杖の先に花を咲かせる事から始まって、光らせたり、軽いものを動かしたり、何かに魔法をかけるというよりは杖の使い方に慣れるって感じの内容だったけど、どれも自分でやるのは初めてで楽しかった。

マリアベルの中に居た時は見ている事しか出来なかったし、それにマリアベルはあんまり魔法学に興味がなかったみたいで知識量は少ない。

まだ初心者マークも外れていない私だけど魔法が楽しくて仕方がないのに、マリアベルは何をしてたんだか。……あぁ、ヒロインに嫌がらせしてましたね。勉強しろよ。

魔法は楽しいし、今のところ攻略対象との関わりはグレイ先生のみ。ツバルやルーナ王子とはあの日以来会う事も無かった。

取り戻した平穏な日々。恐怖体験が嘘のように穏やかで、私はすっかり忘れていた。

災厄とは、忘れた頃にやってくるのだという事を。

×　×　×

それはある日の昼食中。

「……お父様、もう一度言ってくださいますか？」

「マリアベル、信じられないのは分かるがもうこれで四回目だ」

「もう一度、お願いします」

四回？　それが何だ、こっちは人生六回目だぞ、前言撤回してくれるまで何度だって問い返してやる。

だって、あり得ない。なんでそんな急展開なの？　どこにフラグあった？　なかっただろふざけんな。

「これで最後だぞ……マリアベルが、ルーナ王子の婚約者候補に挙がったそうだ」

「……………」

何で待ってどうしたらそんな事になるの、あの時だってルーナ王子とはほとんど話してないんだよ？

何より、こんな展開ゲームでは一度もなかった。

本来私達がお互いをきちんと認識するのは同じ学園に通い始めてからで……いや確かに今まで何度もゲーム外の流れはあったけどグレイ先生との出会いとか。でもグレイ先生は結局ちゃんと学園へ行ったし……！

「でも、どうして急に……マリアちゃんの婚約者はまだ探していないはずでしょう？　なのにわざわざ王子の候補に挙がるなんて」

「あぁ、俺も驚いている。いくら王族に近しいとは言えこちらから打診した事も無いというのに」

お父様もお母様も突然の事態に驚いている様だった。お母様にベタ甘とは言え基本は冷静なお父様も今日ばかりは意図が把握出来なくて戸惑っているらしい。

私？　私はもう、一周回って思考が冷めてきている状態です。

「まだ候補の段階で、マリアベルの他にも何人かいるらしいが……ただ一度、マリアベルを連れて王城に来て欲しいと言われていて」

どうする？　と、視線で問いかけてくるお父様。

どうすると言われましても、むしろ拒否権あるんですか？　相手は貴族じゃなくて王族だよ？

しかも私を指名して。

誕生パーティーに私宛の招待状が届くのとは訳が違うでしょうよ。

「……行った方が、良いですよね」

行きたくないけど、これも貴族の宿命かとも思う。

どうしよう今冷静すぎて正常じゃない。多分正気に戻ってから悶絶しちゃうパターンだ。

スカートを握り締め、俯く。嫌で仕方ないけど脳内は諦めモードに入っている。

嫌々ながらも、行くしかない……そう腹を括った時。

「行きたくないのなら無理しなくて良い」

「え……」

「候補は他にもいるんだ、マリアベルがいなくても支障は無いだろう」

そう言って、お父様は優しく笑った。

身分上、断るのが得策でない事くらい私にも分かる。同じ貴族ならまだしも相手は王族、それも
王子様の大切な婚約者候補の話。

断れるとは思えない。相手側がどっちでも良いというスタンスならともかく、王族からお願いされてしまったらその『部下』たる貴族はそうそう断れない。

特にテンペスト家は歴史が古い分王族との関わりだって深いだろうし、まず簡単に断れるものじゃないよね。

「……行きます」

「嫌なら断って良いんだぞ？」

「いいえ、行きます。行って、候補から外していただくよう話して参ります」

うん、それが良い。下手に揉めてずるずる婚約者候補の肩書きが引っ付いてきたらそれこそ、学園に入ってからのフラグが恐ろしい事になりかねない。

それなら行って、キッパリ断ってしまった方が早いだろう。

大丈夫やけくそとかじゃない、ポジティブシンキングなだけ。あれ、使い方あってる？

「……分かった、日取りは決まり次第知らせよう。しかし本当に嫌になったら直前であろうと言うんだぞ？」

「はい」

いつになるかな……出来るなら、私の威勢が萎（しぼ）む前にお願いしたい。

あぁ、今から胃がキリキリしてきた……。

第三十話 ヤンデル策士絶許

結局その日が訪れたのは衝撃の通達から一週間後の事だった。

お父様とお母様二人ともついてきてくれたけど、二人は途中で止められて今私は、長い廊下を案内役の人と二人で歩いている。

誕生パーティーの時も思ったけど、こうして廊下を歩いているとこの城のでかさを痛感する。王様の城と自宅を比べて落ち込むような不相応な真似はしないが、落ち着かない事は確かだ。

挙動不審になりそうなのを堪えて進んでいくと、一つの部屋の前についた。

隣の部屋との距離がありすぎて部屋の内部が想像出来ない。恐ろしく広い事は確かだけど。

「マリアベル・テンペスト様をお連れしました」

「入れ」

中からの許しと共に案内役の人は「どうぞ」とだけ言って去っていった。

いやどうぞ、じゃないです。え、ここから私一人？　王子様相手に？　ほぼほぼ話した事無いんですけど。

すっごく嫌だし緊張するけど……このままここに突っ立っている訳にもいかない。

意を決して、目の前の扉を開いた。

「お久し振りです、ルーナ王子」

部屋に入ってすぐ、王子を認識するよりも先にスカートの裾を摘まんでお辞儀をした。先手必勝！……何かちょっと違う気もするけど。

久し振り、であってるよね。一応初対面じゃないし。

頭を上げると、王子は広い部屋のど真ん中に設置された応接セットに陣取っていた。

十歳にして完璧な造形美のイケメンが何をしていた様子もなく、ただソファーに座って今は私を凝視している。

頼むから何か言ってくれ、沈黙が怖い。

「……座れ」

「失礼致します」

沈黙からの命令。さすがは王子、堂々としてらっしゃるね。緊張で腹立つ余裕もないけど。

王子の言葉に従い、彼の正面に腰を掛けた。ケイトとかとは全く違う緊張感、当たり前だけど。

あぁ胃が苦しい……食欲無くて朝食食べてきてないからなぁ。

「誕生パーティー以来か」

「そうですね」

「…………」

「…………」

会話、続かねぇ……！

でも話す内容なんて思い付かないよ。だってまだ二度目ましてだし、初めましての時も会話と言える程の会話はしてないし。

というか、近くで見ると本当に綺麗な顔してるな。

光を浴びて煌めく銀髪にサファイアの瞳、顔立ち自体は優しそうで柔らかな印象を抱かせる。一国の王位継承権を持つ者としても、少女マンガや乙女ゲームで容姿家柄能力三拍子揃ったモテの権化としても、彼は王子様の見本みたいな人だと思う。

性格については保証しかねるけどね。ヒロインを操るプレイヤーにとっては知らないけど、フラれて破滅か死の究極の二択を突き付けられる私からしたら容姿と家柄以外は認めない。大多数にとっては魅力的でも私にとってはただの恐怖対象です。

「突然の事で驚いたろう」

「それは、そうですね。全くそんなフラ……気配はありませんでしたし」

危なかった、フラグって言いそうになったよ。

「あぁ、俺も誕生パーティーの時点では何も知らされていなかったし、恐らく話自体出ていなかったはずだ」

え、そうなの？　てっきり前からある程度話があったのかと思ってたんだけど……誕生パーティーで対面したから話が進んだんだって。

でも王子の反応を見る限り、どうやらその予想は外れているらしい。

「あの……ではどうして？　あのパーティーでも特別変わった事は……」

あったけど。うん、色々面倒な事があったけどさ。でもあの事と私が王子の婚約者候補になるのはイコールではないと思う。

あれからフランシア様が罰されたと言う話は聞いていないし、お父様もお母様も何も聞いてこない。隠している可能性は否定出来ないけど……当事者である私に何の確認もしないはずは無いだろう。

つまりあの一件は王には伝わっていない、という事だ。なら王がわざわざ私を指名する理由はなら何で、こんな面倒な事になったんだ。

『僅か』から『皆無』になるし、王子自身が私を選ぶ理由もない。

「どうやらツバル……パーティーで俺と一緒にいた者が、侯爵を通して父に進言したらしくてな」

あいつかあああああ‼

ふざけんなよあのヤンデル男、私に何の恨みがある！

「とても素晴らしい令嬢だ、と。元々マリアベル嬢が優秀である事は伝え聞いていたので候補に入れても良いのではないか、という事になったそうだ」

「そう、ですか」

嬉しくない、誉められても全く、これっぽっちも、毛ほども嬉しくない。

そんなの絶対に確実に百パーセント裏があるに決まってる！　最後に見たあの恐ろしく冷たい笑顔を思えば余計に！

「とは言え本来俺の婚約者は身分だけでなく、婚姻により結び付きを強めたい相手を選ぶべきだ。テンペスト家は確かに位としては申し分ないが、昔からの縁で今更婚姻を結ばずとも問題ない」

口元だけは辛うじて笑みを張り付けていたが内心はツバルに対する罵詈雑言で埋め尽くされていた私は、ルーナ王子の発言に一瞬思考が停止した。

何か……私に都合の良い発言が聞こえた気がするんだけど。

「君は確かに候補者だが……あまり期待しないでもらいたい」

「え、と……つまり」

「君が正式な婚約者になる事はないだろう、という事だ」

ルーナ王子の誤魔化しの無いストレートな発言に、私は息を止めた。でないとこの場で叫んでしまいそうだったから。

やったー‼　大歓迎です‼　って。多分ガッツポーズもつくだろう。

「そ、そう……ですか、分かりました」

あぁ声が震える。力を入れていないと今すぐに口元がにやけてしまう。両手を握り締めて何とか気を引き締めようとするが上手くいかない。

だって、断ろうと思ってたけど難しいかもしれないって覚悟してたのに、まさか向こうから否定してくれるなんて！

ツバルに対する好感度がだだ下がった一方でルーナ王子の印象が上昇傾向を見せている。婚約は全力で遠慮するけど。

「仕方がありません、ご縁が無かったという事ですから」

「……すまない」

「謝らないでくださいませ。ルーナ王子には何も非はございませんでしょう？」

むしろありがとう。土下座して感謝したいくらいです、出来ないけど。

第三十一話　八つ当たりは法律で禁止したい

その後、話す事の無くなった私は部屋を退出した。どうやら今日は私の他にも候補者が来るらしい。時間帯はずらしてあるから対面はしなかったけど、日付時間指定の上、王子と顔付き合わせるって、バイトの面接か。いやバイトじゃなくて婚約者の面接か。

ともあれ、私の目的は達成された。私ではなくルーナ王子のおかげで。

家に帰ったらケイトと喜びを分かち合おう。お母様とお菓子を作るのも良いかもしれない。でもまずは自室でこの喜びのままに叫び騒ごうかな。

これからの事を想像して、私はルンルン気分だった。

つい、一瞬前までは。

「マリアベル様、お久し振りです」

他ならぬ、このヤンデル策士のせいで。

「ツバル様……どうしてこちらに」

「父について来たんです。今日はルーナ様の婚約者候補が来る日なので」

つまり、ルーナ王子の婚約者候補を見定めに来たと。本当に愛情の重い奴だな、ルーナ王子逃げた方が良いんじゃない？

「マリアベル様も、ルーナ様に会いにいらしたのですか？」

「……ええ、婚約者候補としてご挨拶に」

分かっているくせに明言しない、本当に性格の捻れた男だよ。

元はと言えばあんたが私を推薦なんかするからこんな面倒な事になったんだろうが。ルーナ王子が尻拭いしてくれたけどね！

「そう言えば、私を王に推挙してくださったそうで」

「ええ。マリアベル様は貴族としてとても素晴らしいお考えをお持ちのようでしたので、王子のお相手に相応しいと思いまして」

穏やかな口調で、内容にもトゲはない。でもそれをそのまま受け取ったら手元で爆発してしまうだろう。

鏡でも突き付けてやろうか。歪んだ笑みを浮かべた口元、一見柔らかく細まった瞳の奥にはドロドロとした感情が透けて見える。

どうやら私は相当こいつに嫌われているようだ。理由は当もつかないけど。過去五回ならいざ知らず、今回は私何にも悪い事してませんよ？

「買い被りすぎでしてよ。私は何の力も無いただの小娘ですわ」

「ええ……あなたはただの箱入り娘だ」

「え……ちょ、痛……っ」

刺激しない様に、出来るだけ当たり障り（さわ）の無い返しをした、はずだったのに。

感情の乗らない物だとしても確かに笑っていたツバルが突然表情を消して。

冷えきって温度の無くなった声色に驚いた瞬間、手首を掴まれたと思ったらそのまま力任せに壁際に追い詰められた。

壁ドン……なんて胸キュンシーンではない。キャストは両方十歳程度で、漂う雰囲気はギスギスしている。

衝撃に瞑ってしまっていた目を開けば私を見下ろすツバルと目があった。

「あなたの語った思想は貴族としてあるべき姿だろう。貴族は平民を見下す事無く使う。その通り、それが正しい貴族の在（あ）り方だ」

捲（まく）し立てるツバルの表情は歪んでいる。恨み妬み嫉（そね）み憎悪嫌悪、色んな感情が交じり混ざった冷笑。

「でもそんなの、綺麗なだけの理屈でしかない。何も知らない、美しいものだけを見て聞いてきた人間の浅はかな理想だ。何も知らずに温室でぬくぬく育ったガキが語るに相応しい……反吐が出る夢物語だ」

言葉の意味は分からない。私に何をさせたいのか、ツバルは何がしたいのか、分からないけど。

一つだけ、確かな事がある。

「俺はね、マリアベル様、あなたに現実を突き付けたいんですよ」

どうやらこいつは、私に傷付いてほしいらしい。

ツバルの話で原因は分かった。私が誕生パーティーの時に話した内容が彼の逆鱗に触れたらしい。

公爵家の令嬢として護られる立場でありながら、全てを知っているかのように理想を語って見せた私が気に食わなかったのか。

気持ちは分からないでも無い。何も知らない人間に我が物顔で語られるのは腹が立つ。一切の被害が及ばない場所から心配されても、経験の伴わない理想も、感動ではなく顰蹙を買うのが当然だ。しかも私はまだ九歳で、現実なんて見ない見られない見させてもらえない。

だから彼は、強引に私に現実を直視させようとした。

お美しい論理を語って見せた私に、王子の婚約者として頂点から見下ろす風景がどんなものか。

貴族に夢を見る私に、本当の貴族がどんな世界を作り上げているのか。

『貴族』に振り回されているツバルの、『貴族』に対する反抗。

ツバルの過去を知っているから、その気持ちは理解出来る。


理解は出来るけど、納得は出来ない。

だってつまり、私八つ当たりされてるだけだよね？

「ふざけんな」

第三十二話 病みたいなら一人でどうぞ

狙いは爪先(つまさき)、出来るだけの先の方で小指がベスト。

脳内練習数回の末、私はツバルの爪先をかかとで加減無く踏んづけた。

「い、ッ……!?」

低いけどヒールあるやつで良かった。ピンヒールが理想だったけど九歳には履けないし。代わりに全体重をかけたから痛さはいい線行ってると思う。

実際ツバルは踏まれた衝撃で数歩後ろによろめいたし、踏まれた方の足を上げて片足で立っている。理想通りのダメージを受けてくれたようで嬉しいよ。

私を追い詰めていた体が離れた事で、今度は私がツバルを追い詰めるように一歩前へと踏み出し

た。

「ツバル」

「っ……」

腕を組み、仁王立ちで呼び捨てにすると、ツバルも負けじと睨み返してきた。

うん、相変わらず恐ろしい表情がお似合いですね。何度も見ましたよ、あなたのルートで。心の中ではいっつもビビってた。マリアベルは気付いてなかったみたいだけど。マリアベルってある意味ヒロインよりも鈍いんじゃないかな。

そんな鈍さが移ったのか、それとも私が強くなったのか。多分後者かな、今は全く怖くないよ。だって私、怒ってるし。面倒臭がりだし出来るだけ平和に生きたいけど、別に私博愛精神に富んだ聖母様じゃないから。

「あなたが貴族に対してどんな感情を抱いているかは知っています」

「は？　何を――」

「最後まで聞け口を挟むな」

あんたはついさっき好き勝手に言った所でしょ？　次は私の番、邪魔すんな。

「あなたが貴族を嫌いな事も、そこに至るまでの理由も、ある程度把握しています……ですが、正直どうでもいいし興味ありません」

気の毒だなぁとは思う。ミリアンダ侯爵の仕打ちは最低だし、あの外道侯爵にはいつか天罰下れとは思う。

でもそれ、私に関係ある？　無いよね？

なのに何で私があんたの八つ当たりを甘んじて受けなきゃならないの。同情と許容はイコールじゃねぇんだよふざけんな。

「っ、お前に何が分かる……！」

「そっくりそのままブーメランだボケ」

あ、つい本音が……まぁ良いや。

「あなたこそ、私の何を知っているのかしら」

公爵家の令嬢で、貴族に夢を見る理想主義者。

ツバルの中の私なんてそんなもんだろう。ツバルだけでなく、お父様やお母様にとっても大差は無いと思う。

公爵家の令嬢、マリアベル・テンペスト。人から見た私は普通じゃない所もあるけど普通な所だって多い、通常の人間。

公爵家という繭に護られて、幸せと共に眠るお姫様。

それが私の器で、殻で、一方面から見た事実でもあるけど。

「あなたは何も知らない。だから私の言葉が夢に溺れて現実を見ない理想主義者の発言に聞こえるのよ」

何度やり直したと思う。

幸せの無い人生を何度経験したと思う。

何もしていないのに、何も出来ないのに、何度『お前達』に罵倒されたと思う。

国を追われた事もあった、家族を巻き込んで没落した事もあった、冤罪を押し付けられた事もあった。

命を落とした事も、目の前の人間にギロチンを落とされた事だってある。

マリアベルのした事は自業自得だ、それは間違いなく理解している。地位と権力を私利私欲の為に振るい続けた人間の末路は正しく自己責任だったのだと。

ちゃんと理解はしている……でも、納得出来るかと言われればそれは否だ。

だって、私はマリアベルじゃない。

マリアベルがどれだけ最低な行いをしたとして、それは私のせいでも何でもない。私とマリアベルは紛れもなく別人で、彼女の行いは彼女だけが責任を取るべき事だ。

そう何度も自分に言い聞かせているのに、共有する視覚と聴覚が綺麗に割り切らせてくれなかった。

マリアベルに傷付けられている人の表情も、マリアベルに対する怒りと憎しみの籠った訴えも、あまりに鮮明過ぎる一つ一つに『これは私が言われているんじゃない』なんて思い込めるほど鈍感にも冷淡にもなれなくて。理解と納得が両立しない不安定な日々の中で、私はずっと勝手に進んでいく歪(いびつ)な世界の終わりを望んでいた。

今の私は、そんな『マリアベルでは無い私』と『マリアベルとしての私』が混ざり合ってようやく安定している状態だ。

私の意思で動く体も、好きなだけお喋り出来る口も、ケーキを美味しいと感じる味覚も転んで痛いと思う痛覚も、やっと手に入れた私の意思が反映されるとてもとても大切な物。

手放したくない、大事な私という存在。オートモードなんて二度とごめんだと断言出来る。

それでも、あの五周の中で培(つちか)った私も消える事なんてない。

「一面しか見ていないくせに全てを知った気になって、思い込んで暴走して最後は八つ当たりだなんて」

初めて目覚めた瞬間の恐怖が。

終わりがないと気付いた時の恐怖が。

待ち受ける先に、幸せが無いと知った時の恐怖が。

「無様(ぶざま)にも程があるわね」

今日までの私を作り上げた。

「私の言葉をどう受けとるかはあなたの勝手よ。ただの偽善だと思いたければそうなさい」

何度も繰り返した中で培われた私の思想。

届かないなら、それでも良い。

「無知でいる事は楽でしょう。あなたがそれを望むなら私は何も言いません、ですが……私のいないところで、お願いしますね？」

ツバルがこれからどうなろうと、私は一ミリの興味もない。ヒロインとくっつこうがフラれようが一切関わらない。

だから金輪際（こんりんざい）私を巻き込まないでください。


それを捨て台詞に、私はツバルをその場に放置して去った。

お父様とお母様と合流して、何事も無かったかのように帰宅した。ルーナ王子と話した事は報告しなかった。ツバルとのやり取りは……報告出来る訳がない。

第三十三話　お願いだから後悔先に立って

人間、振り切ってしまうと周りが見えなくなるものだ。一つの事に集中してしまい他が疎（おろそ）かになるなんてよくある事。別に異常な事ではない、当たり前の現象。

そしてそれは、必ず『我に返って後悔する』までセットなのです。

「………泣きたい」

「泣いても良いけど慰められないよ」

「そこは嘘でも慰めてよ！」

「さっきからどれだけ言っても落ち込み続けるんだから、もうかける言葉ないよ」

王子様との対面を終えて帰って来てすぐ、私が駆け込んだのは『駆け込み寺エイリス』。つまり我が家の敷地内にあるケイトの家。

いつもは薔薇園なんだけど、あそこはいつお父様やお母様が来るか分からないし。実際とんでもない報告をしにお母様が来た事がつい最近。

だからあまり人に聞かれたくない時はケイトのお家にお邪魔するのが通例になっている。

話の内容は、勿論私がやらかした暴挙について。

「ケイトがいたら止めてもらえたのに……」

「行けるわけ無いでしょ、俺ただの使用人の子どもなんだから」

だよね。親ですら行けなかったのに使用人だったら尚の事。ましてやその子どもなんて……うん、無理ですね分かってる。まずもう終わった事だからどれだけ駄々を捏ねても時間は戻らない。

「それに何度も言うけど、俺は別にそんな酷い事したと思わないし。先にマリアに八つ当たりしたのは向こうなんだろ？」

「そう、だけど……一応貴族間のあれやこれがございまして」

「だとしても、先に手を出したのは向こうなんだし……と言うか、男が女の子に手を出した時点で駄目だよ」

「……ケイトはたまに私を叩くじゃない」

カッコいい事言ってるけど説得力無いよ。

「マリアは俺を男として見た事無いでしょ、だから良いの」

「何その屁理屈！」

その通りだけどさー……自分だって私を女の子だと思った事無いくせに、理不尽だ。

でもそう言いながら私の前にはケイトが淹れてくれたお茶と出してくれたお菓子があって、ちゃんとおもてなしはしてくれるし、何だかんだこうやって愚痴にも付き合ってくれるんだから優しいよね。

「とにかく、俺は今回の事はマリアに非があると思えないから。もう気にしないの」

「うー……」

そう言ってもらえるのは凄く嬉しいけど……安易に納得出来ないのは自分の掘った墓穴の事があるから。

ただ八つ当たりされてそれに反抗しただけなら、気にはするだろうけどケイトに慰めてもらえたら復活出来る。

でも私が気にしているのはそこではない。

「何であんな事言っちゃったんだろ……」

あの時、私は思わず言ってしまった。

『あなたが貴族に対してどんな感情を抱いているかは知っています』

ヤバイよね、物凄くヤバイですよね！

あの時は頭に血が上ってて気にしてなかったけど、今考えたらヤバすぎると思う。

だってあの発言、ツバルの出生と生い立ちの秘密を知ってるって言ってるみたいなもんじゃゃん！

ツバルの秘密はミリアンダ侯爵が全力で隠している事なのに。私の両親すら知らない、確か彼のルートでは王様も知らなかったはず。

国のトップも知らない秘密を、何でたかだか九歳の女の子が知ってるんだって話だよ。

「ケイト、もしもの時は骨拾ってね」

「骨になる前に逃げておいでよ」

逃げられたら良いけどねー……あのヤンデル策士からは無理そうな気がするんだよ。文明が進化してたら全地球測位システム改めGPSを違法駆使して監視されそう。彼女が出来たら男の連絡先全消去とか、スカート穿くなとか言うんだよ。あのヤンデルさんは。

何か色々混じったけど、多分間違いない。事実あいつはめちゃくちゃやきもち焼きだったし。なんせマリアベルの苛め、初めは自分を頼ってくれるのが嬉しくて黙認してたくらいだ。

思い出せば思い出すほど、あいつ恐ろしく病んでるな。どうしよう不安が倍増だ。

「はい、終了！」

「っ……!?」

不安で頭の中ぐるぐるしていた所にパンッ！　と大きな音がして、ハッと我に返るとケイトが目の前で両手を合わせていた。

手を叩いた音で私の飛んでいた思考を呼び戻してくれたらしい。

「切り替えな。前にも言ったでしょ、マリアは行き当たりばったりで良いって」

「……アホ呼ばわりされた事しか覚えてないけど」

「それはマリアの記憶力の問題」

「誉めるのか落とすのかどっちかにしてくれない？」

失礼な奴だな全く！　でも、これがケイトの気遣いなんだろう。いつも通りのやり取りは気持ちを落ち着けてくれる。

ツバルの事はとりあえず様子を見よう。何か行動してきたら……その時は当たって砕けるか命懸けで逃亡しよう。

「はい、お茶のおかわりは？」

「……いる」

とりあえず今はケイトのお茶を飲んでまったりするとしよう。

第三十四話　私の守護神は絶対疫病神だ

一応、あの暴言から一ヶ月ほど経ちました。

とりあえず今のところは問題なし……という訳でもないが、とりあえずツバルからの連絡や接触はない。それに関しては胸を撫で下ろしている。今のところは、なので完璧に安心はできないけど。

気にしてもどうにもならないので一先ずツバルの事は脳内から省きます。下手に覚えておくと噂をすれば影みたいにどっかから出てきそうなんだもん。

今はとにかく目の前の問題に集中しよう。

「マリアベル・テンペストです。初めまして」

「……ネリエル、です」

弱々しく返ってきた言葉は攻略対象とはいえ怯える必要性を感じない。むしろこいつ大丈夫かと心配になるくらいに小さくて、自己主張が苦手だと証明していた。

モスグリーンのふわふわした髪に分厚い眼鏡、裾の長い服から見える指先とかは白くて細い。私も大概白いけど、目の前の彼はそういうんじゃなくて……なんか、病的な白さ。青白いと言い換えても良い。

見た目の弱々しさを強調する声と、挙動不審な態度。さっきから私を視界に入れては逸らしてを繰り返している。

いや、別に失礼だーとか言うつもりはないです。むしろ私ここにいて良いの？　帰ろうか？

彼が名乗った時点でお気付きだろうけど、一応ご説明を。

私は今攻略対象の一人、伯爵家の末子であるネリエル・ジュリアーノと共にいる。

しかも、彼の家の応接室に。

事の発端は、三日前に遡る。

×　×　×

その日、私はいつものようにリンダ先生の授業を受けた後ケイトを待つ為に薔薇園にいた。

いつも通り、もうすぐ帰ってくるかなーなんて思いながらぼんやりしていた時。

「マリアちゃん、ちょっと良いかしら？」

「お母様？」

正直に言おう、この時点で嫌な予感はあった。

お母様が薔薇園に私を尋ねてくる時は必ず私にとって嫌な事が起こる。勿論お母様のせいじゃないんだけどさ。

「どうしました？」

「ええ、実はマリアちゃんにお客様がいらしているのよ」

「私に……？」

この瞬間にかいた汗の量はヤバかった。冷や汗が噴き出して、背中とか額とか、一気に体温が下がったのを覚えてる。

今家に訪ねてくる、しかもお父様やお母様ではなく私を。

そんな相手、一人しかいないじゃないか。

「マリアちゃんとお話がしたいそうなの。応接室にお通ししたから来てもらえないかしら？」

「はい、分かりました」

平静を装ってたけど、内心逃亡計画を練りまくってました。ケイトが帰ってきてない事への八つ当たりもした。

骨は拾ってってお願いしたのに……！　承諾はしてもらってないけど！

ぶつくさ文句を心に溜め込みながら、私はゆっくりとした足取りで応接室に向かった。

「お待たせしました」

「失礼しま……す？」

部屋に入って一礼。それは礼儀であり、一種の習慣でもある。だから室内にいる人を確認する前にそれを行ってしまう事も多々あって。

頭を上げた時に、想像していた人物と違う人が目の前にいたりする事も、実は少なくない。

でも今回は間違ってない自信があった。

だってこの時期に私を訪ねてくるなんて、どこかのヤンデル人だけだと思っていたから。

「マリアちゃん、ジュリアーノ伯爵のご子息方よ」

「レイヴ・ジュリアーノです」

「同じく、イリアです」

しかしそこにいたのは想像していた水色ではなく、モスグリーンの髪をした二人の男性。

えーっと……どちらさま？

いや自己紹介はしてもらったし、この二人の名前は攻略対象並みに覚えてるけど……私を訪ねてきたのってこの人達なの？

ヤンデル人じゃない事を喜ぶべきなのか、攻略対象の関係者だった事を悲しむべきなのか判断に困る。

「すみません、突然お邪魔しまして」

「アポイントを取ろうと思ったのですが……父には内密なもので」

「いいえ、構いませんわ。ただキルア様はお仕事なのでお話は私が同席しても？」

「はい、勿論です」

さくさく話進んでるけど私全く付いていけてない。

そんなサラッと受け入れられませんよ。だって私、ネリエルルートではこの二人に冤罪吹っ掛けられてるからね？

ヒロインに対する名誉毀損とか傷害とか、実家のお金に手を付けたとか違法な手段で儲けてるとか。

……前半は事実だから否定しづらいけども。

「では、早速本題に……」

お母様と並んで彼らの前に座り、お母様が話を促した。

出来れば前言撤回して忙しいですって逃げ出したいけど、まぁ無理だわな。最近の私諦めが良くなってきてる気がする。

「実はマリアベル様に、我が家に来ていただきたいのです」

え、嫌です。

ごめん理由とか聞くべきかもしれないけどきっと聞いても嫌って言います。だって攻略対象の家とか敵地じゃん！　そこに行くってどんな自殺行為。

「え、っと……それはどういう……?」

ほらお母様も困ってる！

十中八九私とは別の理由でだけど。家に来てくれ、なんて下手したらプロポーズになりかねないから。

そんな事になったら私は九歳なので、ロリコンはお断りですと丁重にお帰りいただきます。ロリコンって程二人とも歳いってないけど。

「私達には歳の離れた弟がいるんです。マリアベル様の一つ下でネリエルと言うのですが……その、ずっと、部屋から出てこなくて」

「元々あまり外出を好まない性分ではあったのですが、歳を重ねるごとに酷くなっていき、終(つい)にはルーナ王子の生誕記念パーティーまで行かず引きこもるようになってしまって」

それって結構重症だよね。私も招待状に名前が載っていたから、多分ジュリアーノ家に来た招待状にはネリエルの名前も記載されていたはず。

それに貴族にとってパーティーは大切な社交場で、子どもにとっては様々なマナーを覚える大切な勉強の場だ。

王族の招待を無視した挙げ句、学びの機会を放棄するのはあまり得策ではない。

「理由は、分かっているのです。身内の事なので明言は避けたいのですが……」

「言いたくない事は無理しなくても大丈夫よ？」

「……すみません」

言い淀(よど)むレイヴさんにお母様も何か感付いたらしい。

私の方はすでに大方の見当は付いているけど、口には出さない。学習した、余計な事は言うまいと。

「それで、何とかネリエルに外に出てほしいんです。せめて社交界だけにでも」

深刻そうにレイヴさんは俯いた。イリアさんも両手を握り締めて眉根を寄せている。

二人とも、ネリエルの事をとても大切なんだな、心配なんだなと感じた。

でも……だからこそ分からない。

「そう……ご用件は分かったわ。でもそれなら、きちんとした大人の方にお話しすべきではない？

何故家のマリアベルに……」

そうそこ。お母様の言う通り、ネリエルは結構重症みたいだから大人に相談した方が良いと思う。ジュリアーノ伯爵がいるから難しいかもしれないけど……だとしても、私を呼んだところで解決にはならない。

と言うか、一応二人とも初対面だよね。私は過去の記憶によりそんな感じがしないけど、二人にとって私はただの幼い女の子のはず。

そんな相手に大事な弟任せていいのか？

「大人は、俺達には呼ぶ事が出来ないんです。父に知られると断られてしまうので……」

あぁ、一回やったのか。口調的に経験した後な感じがする。

「子どもであれば俺達でも家に入れる事が出来ますし、それにマリアベル様なら……」

私なら？　いや私カウンセラーの資格とか持ってませんけど。

「あのタイガーソン家のご令嬢を――」

「やります、やらせてください‼」

レイヴさんの言葉をかき消すように大きな声で、両手をしっかりと上げて主張した。

突然の事でお母様も、レイヴさんとイリアさんもポカンとしてるけどそれどころじゃない。

レイヴさん……今何を言おうとしました？

タイガーソンとかおっしゃいました？

何、あなた私の恐怖記憶を思い出させに来たの？

こうして、私のジュリアーノ家訪問は決定した。

お二人が帰った後ケイトに八つ当たりしたのは言うまでもない。

第三十五話　無理難題

という訳で、ネリエルに会う為ジュリアーノ家に来たまでは良いが……正直、何をしたら良いのか分からない。

あの時はお母様に余計な事を知られたくなくて反射的に引き受けちゃったけど、多分レイヴさんもイリアさんも私の事買い被ってるだけなんだよ。

引きこもりを改善させる方法なんて見当もつきません。

「えーっと……私の事は」

「レイヴお兄様から聞いてます」

「そう、ですか……」

会話が続かない。私も元々人当たりが良い訳じゃないし……と言うか、絡まれる事の方が多いからね。フランシア様とかどっかのヤンデル人とか。

何でなんだろう……顔面のせいか？　確かに歳と共に年々顔立ちもきつくなってはいるが、まだ九歳だから許容範囲じゃないかな。

「ごめん、なさい……」

「へっ？」

ごめん、一瞬存在忘れてた。存在感無さすぎないか……私が別の事考えてたっていうのもあるだろうけど。

あれ？　今なんで私謝られたんだろう。

「ぼ、僕のせいで……わざわざ、来て、もらって」

「気になさらないでください。私が自分で引き受けた事ですから」

声がつかえがちなのは怖がってるのか、それとも通常運転なのか。出来れば後者が良いけど、それはそれで困るな。

うーん……まずは話し方を改善すべきか。

私がレイヴさん達から頼まれたのは二つ。

一つは彼の引きこもりを社交界くらいには参加するまでに改善させる事。

もう一つは、彼に人との会話に慣れさせる事。

二つ目が何とかなれば連動して一つ目も何とかなるんじゃないか、って思ってたんだけど……まず二つ目の難易度が高かったって落ちか。

「そうだな……まず、ネリエル様は外がお嫌いですか？」

「へ……？　あ、えと……そ、そんな事は」

「正直な気持ちを言ってください」

「ほ、本当に嫌いではない、よ……でも、お部屋が一番……安心、する」

外が嫌いなら目立たずにやり過ごす方法を探したけど、そうでもないなら改善の余地はある。

声が小さくて、話し方がつかえがちなのは慣れるまで仕方ないとして、頭がぐらぐら動いて視線があっちこっちいってしまうのは治さないとダメだな。

挙動不審な上に顔が髪と眼鏡で隠れているから不審者に間違えられかねない。

「ネリエル様、目を見て話せないなら相手の鼻先を見るようにすると良いですよ」

「え……」

「先程から、私の目を見ようとしてくださってますよね？　でも長い時間は耐えられなくて逸らしてしまう」

ネリエルの目が確認出来ないから分からないけど、多分何度か目、あってたはず。

目があって、我慢して、耐えられなくなって逸らす。だから頭がぐらぐら揺れてるし、挙動不審に見えるのだ。

確かに目を見て話す方が良い、って言うけど苦手な人は多いと思う。目は口ほどに物を言うっていうから、心を読まれる気分になるし。

「鼻先なら、相手から見ると目を見ている様に見えるらしいです」

まぁネリエルの場合前髪と眼鏡が邪魔でどこ見てるか分からないけど。

「そ、そうなんですか……」

「あまり頭を揺らすと挙動不審に見えますから」

「は、はい……」

一先ず会話さえどうにかなれば社交界に出るだけならなんとかなるはずだ。出るだけは、だけど。

それ以上は保証しかねる。

にしても……これどこまでやって良いんだろう?

正直、彼を変える方法は知っている。彼のルートも勿論経験済みだから。

前髪を切って、眼鏡を外して、後は誉めに誉めちぎれば良いのだ。

簡潔にまとめ過ぎかもしれないけど彼のルートでのヒロインの行動はこんなもんだ。字面で見るとネリエルが物凄くちょろく感じるけど、ヒロインが頑張ったから……だと思いたい。

しかしそれを、私がやってしまって良いものか。

だってネリエルに自信を持たせるのはヒロインの仕事だし……何より私は彼の家庭環境を知らな

いはずの人間だ。

下手な口出しは逆効果になって、さらにネリエルを追い詰めかねない。

でもやりとげなくて何度も呼ばれるのも嫌だ。ジュリアーノ伯爵にバレたらどう利用されるか分かったもんじゃない。

どうしたもんかなぁ……。

第三十六話 友達一人出来るかな

結局その日は良い案が思い浮かばずにお開きになった。次に会うのは五日後、ジュリアーノ伯爵が出張で他国に行っている日らしい。あの人本当に息子に尊敬されてないんだなぁ……自業自得だけど。

しかしそれよりも、私には考えなければならない事がある。

全くと言って良いほど、出来る事がない。

いや、出来る事はある。でもそれは私が取れる道じゃない。

私が彼の家庭環境を知っているのは過去五回の知識であって、現在の私はネリエルを全く知らないはずの人間だ。彼を変える方法は分かるが、それにはジュリアーノ家の問題にも手を付けなければならない。

今の状態でそれをすれば、改善どころかネリエルは確実に私を疑い不信感を募らせて悪化という未来しか予想出来ない。

それは困る。しかし長引くのは嫌だ。

「ネリエルが外に出て、人との会話に慣れる……」

色々考えてみるけど、そんなの実践あるのみだよね。椅子に座ってノートに書いたって知識はついても技術はつかない。

「うーん……」

「何悩んでんの？」

「え……って、ケイト！　何でいるの？」

私室のソファーに体育座りで悩んでいるところに聞こえてきた声に振り向けば、いつの間にかすぐ後ろにケイトがいた。

ここ私の部屋なんですけど！　そしていつ入った！

「デリア様が案内してくれた。ノックしたのに返事ないし」

「うっ……気付かなかった」

「だろうね。今日あのジュリアーノ伯爵の末っ子に会ったんでしょ？　どうせ悩んでるんだと思って」

さすがは幼馴染み、よく分かってらっしゃる。

「その様子だと思ったより悪かった感じ？」

「悪いと言うか……どうすれば良いのか分からないって所かしら」

理想を言うならネリエルの家庭環境には触れず、彼に人との最低限の関わりを学んでもらいたい。

そんな方法、そう上手く転がっては……。

「……あった」

「ん？」

「思い付いたかも」

今思い付いたやり方ならネリエルは人との接し方を学べる。最低限の関わりを知ることが出来る。

勿論、ジュリアーノ家の問題には触れずに済む。

うん、これならいける！

「ケイト、少し協力してくれる？」

「それは良いけど、何する気？」

「簡単よ。ネリエルと、お友達になってしまえば良いの」

×　×　×

五日後、私はネリエルをテンペスト家へと呼び出した。

少しは渋ると思ったけど、思いの外あっさりと了承してくれた。やっぱりネリエルが行きたくないのは自室の外であり自宅の中、そしてパーティー会場……つまり家族のいる場所という事か。

ごめんねネリエル、でもそれは私が解消出来る事じゃない。

ヒロイン、もしくは家族で解決するしかない問題だ。

「あ、あの……何で、僕」

「ネリエル様、私とお友達になりましょう」

「へ……っ？」

私の言葉に、ネリエルは目を真ん丸く見開いて驚いた。

うん、驚くよね。私も自分で言っててびっくり。

あんなに避けたがっていた攻略対象に自ら友達宣言をする日がくるとは……図太くなったと言うべきか。

多分ネリエルが一番害のない攻略対象だったから言えたんだろうけど。ツバル相手にだったらたとえ天地がひっくり返って消滅しようと言わない。

「人との会話に慣れるには人と話すのが一番手っ取り早いわ。友達になってしまえば話は早いし、ネリエル様も気が楽になるかと思ったの」

プラスして、関わっちゃったんだからもうこの際友達になっといた方が、後々良いんじゃないかっていう打算。グレイ先生の時も似たような事思った気がする。

「というわけだから、行くわよ！」

「え、えぇっ!?」

何だか事態についていけてないみたいだけど、知らない。こういう事は勢いが大事なんだから！

ネリエルの手を引いて向かったのは、いつもお世話になっている薔薇園。

中庭とかでも良かったんだけど……あんまり人が来るところだとネリエルがゆっくり出来なさそうだし。薔薇園ならほとんど人は来ないし、来たとしてもお母様とかくらいだからね。


「ケイトー、いるー？」

「いるよ。先に準備しててって言ったのマリアだろ」

「だから準備は出来てるかって聞いたのよ」

「言葉は正しく使ってくれる？」

薔薇園の中に入れば、いつも使っている丸いテーブルセットの上に三人分のお茶とお菓子。普段は二脚しか無いけど、前もって追加の一脚を頼んであるから椅子もちゃんと三つある。

「あ、あの僕……」

突然増えた人数にネリエルは分かりやすく狼狽えた。

ケイトを見て、私を見て、俯く。それを何度も繰り返して、何を言えば良いのか考えているみたいだった。多分、実際考えてるんだろう。でも何を言えば良いのか分からないって感じかな。

「ケイトです。マリアとは幼馴染みで……ネリエル、だっけ？　君の二つ歳上」

「あ、えっと……ネリエル・ジュリアーノです。ジュリアーノ家の……末子、です」

「ん、了解。あんまり畏まらなくて良いよ。俺は平民だし、マリアもそういうの気にしないから」

「は、はい……っ」

ケイトの緩い雰囲気に少し落ち着いたのか、ガッチガチに凝り固まっていた体から少し力が抜けた様に見えた。

やっぱり、ケイトを呼んどいて正解だった。私だけだとどうしても身分にがんじがらめにされて窮屈そうだったし。

何よりケイトがいれば私もリラックスしやすい。貴族同士だとどうしても気を遣ったり勘繰ったりしちゃうけど、ケイトがいると緩衝材の役割を果たしてくれる。

まぁ元々ケイトの性格自体がマイペースだっていうのもあるんだろうけど。

「さ、二人とも座って。折角のお茶が冷めてしまうわ」

何はともあれ、第一関門突破……かな。

第三十七話 可愛いは正義

始まった『お茶会』は初めこそネリエルの緊張で空気が重たかったけど、次第に慣れてきたのか言葉数は少なくとも雰囲気自体は柔らかくなってきたと思う。

と言うより私とケイトのやり取りに驚いてそれどころじゃなくなったって感じかな。

「マリア、溢してる」

「ん?」

「こーこ、あぁその手で拭かないで」

シュークリームに夢中になっていたら口の端にクリームがついていたらしい。ケイトが自分の口元をとんとんとして教えてくれたけど、私が拭く前にケイトの指がクリームを拭っていった。

ケイトの言葉に両手を見たら、パウダーとクリームで白くなっていた。

うん、ありがとうケイト。

「ネリエルは、おかわりいる?」

「あ、いえ、僕は自分で……っ」

「ついでだから、遠慮しなくていい」

「あ……ありがとう、ございます」

「ん、どういたしまして」

……何か、いい傾向?

ケイトのマイペースさに振り回されている感じがしなくもないけど、少なくとも前よりはちゃんと話せてる気がするし。

何よりちゃんと目を見て……いるように見える。頭が揺れてないから挙動不審にも見えないし!

「マリア、ぼーっとしてたらまた溢すよ」

「え、あ、うん！」

二人を観察しすぎてカップを口につける前に傾けてた……危ない危ない。

「……あの」

「ん？」

「お二人、は……出会ってから、長いんですか？」

言いづらそうにもごもごしてるから何かと思ったけど、予想外の質問。まぁ言い方がしどろもどろなのは元からだけど。

思わずケイトと二人してきょとんとしてしまった。

「うーん……四歳の時から、だから五年くらいかな」

「長いと言えば長いかもね」

年数的にはそうでもないけど私達の年齢を考えると長い。人生の半分以上はケイトと一緒、って事だからね。

そう思うとケイトにはお世話になりっぱなしな気がする。今回の事も含めて。

「五年、ですか……」

「どうしてですか？」

「お二人は、とても仲良しで……やっぱり、過ごした時間なのかな、と」

言葉と共に段々と頭が下がっていく。落ち込んでいる……のかな？　落ち込んでるのがデフォルトみたいな人だから判断に困るけど。

「うーん……それは、どうかしら」

「え……？」

「俺達会った時からこんな感じだよ」

うん、そうなんだよ。幼馴染み歴五年の間で増えたのは私達の親密さではなくただの時間だった気がする。勿論信頼感は今の方がずっと強いけど。

と言うか、サラッと答えてるけどさ。

「元々ケイトは私を敬う気なんてないもの。気を遣うだけ損だわ」

なんせ頑張って被ってた猫を気持ち悪いと両断した奴だからな。その前にボロ出したのは私だけど。

「そ、そうなん、ですか……」

「だからあんたも、あんまり気にしなくていい」

「それ私の台詞」

でも確かにその通りだ。

「友達になったから気安くなるのも事実だけど、友達になる為に気安く接するのも事実よ」

私とケイトを見て、五年の歴史を知って、自分には無理だとでも思ったのか。確かに私達の関係性は五年という月日が作ったものだけど、それとネリエルは別だ。

「だからあまり気を張らないで。まずは楽にして、ネリエルの思う通りを言葉にすればいいの。それで怒られたり悲しませたりしたら謝ればいいし、どうしても合わなければ離れたらいい」

……何で私、こんな友達作りのアドバイスみたいな事してんだろ。本来の目的と離れていってる？

確かにネリエルと友達になろうっていう計画ではあるけど、何だかずれていってると思うのは気のせいだろうか……うん、気のせいだと思おう。他に案がある訳じゃないし。

「とりあえず、私の事はマリアと呼んでね」

「え……えぇっ⁉」

「諦めろネリエル、マリアは言い出したら聞かないから」

まずは形から。呼び方が変わると一気に親近感出たりするし、大事な事ですよ！

「え、っと……マリア、様……？」

「惜しい、様は要らないわ」

「い、いえ、それは……っ」

「私もネリエルと呼ぶから、ね？」

「うぅ……」

めっちゃ困ってらっしゃいますね。

だからって引きはしませんが。

にらめっこの様に二人して目を逸らす事なく見つめ合う。先に笑ったら負けではなく、先に折れた方が負け。

決着は数秒で付いた。勝者は勿論、私。

「…………マリア、ちゃん」

ネリエルは顔を真っ赤にして、恥ずかしそうに小さな声で私の名を呼んだ。

どうしよう……めちゃくちゃ可愛い。元々可愛い分類のキャラクターだしな。髪と眼鏡で隠れた素顔を知ってるから余計に。

何よりあのツバルの後だ。あいつの後にこの可愛さは荒んだ心を癒してくれる。逆にツバルに対する苦手意識は倍増だけど、それはあいつの自業自得だ。

そう言えば、私歳下と関わる事ほとんど無いからなぁ……今まで出会った攻略対象は皆歳上だし、一番傍にいるケイトも一応歳上だ。

そう思うとさらに可愛さが増してくる気がする……同時に、ちょっとした欲求も。

「ネリエル……ちょっとお姉ちゃんって呼んでみてくれない？」

「やめろアホ」

第三十八話 忘れた頃にやって来る

一回目のお茶会は成功と言って良いだろう。

ネリエルの引きこもりは続いているが、少なくとも人と話す練習にはなったはずだ。

お姉ちゃんと呼ばせる事には失敗したけど……それはいつか絶対叶える。

ジュリアーノ伯爵が帰ってきた事で二回目の開催は遅れてしまったけど、レイヴさんが言い訳を考えてくれたおかげで開催自体が見送られる事はなかった。

二回三回、回数を重ねている内に習慣化し、今では定期的にネリエルを家に招くまでになっていた。

そして今日は、前回から二週間ぶり、十四回目になるお茶会である。

「今日はマカロンを用意したの」

「昨日マリアがいきなり食べたいって言い出してね」

「マリアちゃん、マカロン好きですもんね」

ふふ、と軽く微笑むネリエルはすっかり慣れた様子で、喋り方も前よりスムーズになった。たまにつかえる事もあるけど、変な間が出来る事は無い。

月に二回ペースで開催しているお茶会を十四回、私が初めてネリエルに会ってからすでに半年以上経っている。

半年でここまで改善されたと喜ぶべきなのか、半年経ってもこの程度しか改善されていない事を悲しむべきなのか。

部屋に引きこもるのは相変わらずだけど、少なくともパーティーには出席するようにはなったらしい。レイヴさんからお礼を言われた。凄い迫力で、ちょっと怖かった。

「そういえばマリアちゃん、ミリアンダ侯爵主催のパーティーに参加されないって本当ですか？」

「っ、ごほ……」

噴き出すかと思った……耐えたけど。突然のミリアンダ発言は衝撃が大きい。

ツバルとやり合ったのはもう大分前になるけど、実はそれ以来彼とは一切会っていない。会いたくも無いけど。パーティーで顔を合わせそうになるとお父様にくっついてやり過ごしていた。

それなのにこの間、ミリアンダ侯爵がパーティーを主催するからと招待状が届いた。

悲鳴上げたよね。本気で呪いの手紙だと思った。

絶対行きたくなくて、もう貴族の義務とか言ってられなかった。丁重にお断りさせて頂きました。

でも、何でそれをネリエルが知ってるの⁉

「この間のパーティーでミリアンダ侯爵のご子息にお会いして……マリアちゃんが来ないって残念がっていらしたから」

嘘だ！　それ嘘だよネリエル！　あの策士め、いたいけなネリエルを騙したな。

「僕は参加する事になっているので……マリアちゃんと一緒に行けたらって思ったんですけど」

「……ごめんね」

残念そうに眉を下げたネリエルに居たたまれなくなって謝罪をすると、ネリエルは慌てて「気にしないでください」と笑った。

うん、本当にごめんよ。でもいくら可愛いネリエルのお願いでも、これだけは絶対に譲れないんです。

あの闇策士に会うなんて、冗談じゃない。

思いっきり喧嘩売っちゃやたから何されるか分からないじゃないか。恐怖対象に自分から会いに行く自虐的趣味は無い。

ケイトも私から散々聞かされたせいか何も言わなかった。

「でも僕、侯爵家のパーティーなんて行った事なくて……」

ネリエルは王族の誕生パーティーも欠席するくらいだから、当然他の貴族からの招待にも応じなかった。やっとパーティーに参加する様になったのはここ最近で、それも小規模のパーティーからリハビリしている状態。

……よく、侯爵家のなんて規模の大きいパーティーに参加しようと思ったな。成長を喜ぶべきかもしれないけど、よりにもよってミリアンダ侯爵主催とは。複雑な心境だ。

「規模は大きいかもしれないけど、作法はいつもと変わらないわ。気を張らず、いつも通りで行きなさい」

「はい、ありがとうございます」

「でも、一つだけ」

「……？」

「……策士には、くれぐれも気を付けて」

気を許してはダメ、絶対。ホラーより恐ろしい人だから。

「さくし……様？」

キョトンとしているネリエルに、私はただ曖昧な笑みを浮かべた。

誰とは明言しないけど、本当に気を付けてね。

そうして送り出したネリエルが次のお茶会で、ツバルと親しくなったと笑顔で教えてくれた。ネリエルがツバルを誉める度に、私の中のツバルという株は大暴落していった。

ネリエルを闇に引きずり込んだら許さねぇぞあいつ。

第三十九話 カウントダウン

グレイ先生から始まり、ルーナにツバル、ネリエルとまで関わりを持ってしまった。ルーナはまだセーフゾーンだけど他三名は……特にツバルとは不安しかない関わり方をしてしまっている。喧嘩とは違うけど、色々ヤバイものを売り付けちゃった感はしないでもない。反省はしてないけど後悔はしてる。

それでも、まだ何とか救われていたのは彼らとの関わりが所詮は『社交場』に留まった一時的な物だからだ。

ほんの数時間、やり過ごせば後はいくらでも避けようのある関係性だったから。

だが、それもいつかは終わりが来る。

気が付けば中等部入学まで……後、半年。

×　×　×　×

「どうしよう」

カレンダーを見て気付いた事実に私は打ちひしがれていた。だって……後半年だよ？　半年なんてあっという間、その後は六年にも渡る共同生活だからね？　しかもケイトもいない、ネリエルが来るのは一年後、同級生には攻略対象がいるっていう三重苦！

テンペスト家は学園から遠いので私は寮生活が決定してるんです。うん、知ってたから覚悟はしてたけど、すでに五回経験してるし。

でもそれは今とは状況が違ったからから平気だったのであって『私』としては初めてですからドッキドキです。

勿論、楽しみのドキドキではなく不安のドキドキですからね。

「……とりあえず、準備は始めないといけないよね」

新生活スタートに向けて、早め早めの準備です。

入学だけでなく入寮の準備もあるから早くもないけど。

教材は全部送られてくるから心配いらないけど、その他は全部自分達で用意する訳だからね。寮への引っ越しも含めて。普通の学校だったら制服とかの採寸も全部学校に行ってやるんだろうけど……お貴族様は色々規格外でして。

「マリアちゃん、仕立屋さんが来たわよ」

「あ、はい！　今いきます！」

行くのではなく、来てもらうんですね。聞いた時は驚いたけど、外商とか、ドレスを作る時も仕立屋さんが来てくれるから納得ではあった。

まぁ普通は学校の制服にまで適応されるとは思わないだろうけど。

「お待たせしました」

応接室に行くと、すでにお母様と仕立屋さんが準備を進めていた。

採寸をする人、デザインをする人、会計……お母様と私を除いても四人。ついでに生地の見本が閉じられたファイルだとか、試作のデザイン画だとか。私には使い方が分からない道具もあったりして。

再度確認しておきますが、これは中等部の制服採寸です。ただそれが貴族規模だからとんでもない事になっているだけで。

「では、失礼いたします」

まだ若い、お姉さんと呼んでも違和感の無い女性が私の体にメジャーを巻いていく。私はただ腕を少し広げて突っ立っているだけ。

お母様はその間にデザイン担当の人と話を進めている。

アヴァントール学園の制服は、式典用の基準制服さえ作れば後は自分の好きなようにオプションを付ける事が出来る。つまり、好きに着こなしていい。

女子の基準は白いフリルブラウスに紺色のハイウエストのスカート、白のショートケープ、紺の細リボン。

男子は白のブレザーに紺色のスラックス、紺のネクタイ。

因みにこれは中等部の制服で、高等部に上がるとスカートとスラックスが紺と黒のチェック柄に変わる。

とは言えこのまま着ている生徒はほとんどいない。

そのままでも十分可愛いんだけど……改造が許されるならするよね、自分好みに。特に貴族は『自分だけのオリジナル』とか『世界でただ一つ』とかいうのが好きな性分だし。

大抵はケープやリボンを変えたりするだけなんだけど……私が見てきた高等部の生徒で、基準制服とは別にスカートを真っ黒の布地で作ってきてる子がいた。

さすがに私は基準制服とは別に作る気は無いけど……どうせなら好きな風に変えたいよね。

「……はい、もう大丈夫ですよ。ありがとうございます」

数分もすれば採寸は終わり、後はデザインだ。

ソファーに座り例として持ってきてくれた沢山のデザイン画を見て、基準制服にプラスしてリボンとケープ……後靴下と靴も可愛いの作ろうかな。

「スカート自体が可愛いし、ネイビーはどんな色とも合うから……折角だし色々作りましょうか」

何だか私よりもお母様が乗り気だな。いつの時代も母親というのは娘を着飾るのが好きらしい。

「カーディガンは沢山あっても困らないわよね。色や柄を変えて……あら、これ可愛い！」

「ドルマンスリーブですね」

ドルマンスリーブ、ポンチョ、ロングケープ、ロングカーディガン。羽織(はお)るものだけなのに出てくる出てくるデザイン画。私よりもお母様が気に入って、あれよあれよと言う間に色々作る事になっていた。

まぁ私も女の子なので、可愛い服を着られるのは大歓迎なんですけどね。出来あがりが楽しみだなぁ……。

……あ、中等部入学後の対策考えるの忘れてた。

第四十話 嬉しいとか絶対言わない

着々と過ぎていく時間の中で、入学の準備は順調に進んでいた。

元々制服の採寸が済んでしまえば後必要なのは三つ。

教科書、送られてくるので問題無し。

模擬杖、持ってるので問題無し。

筆記用具、今持ってるので問題無し。

因みに鞄やお財布等の布物は今制服と共に仕立屋さんに頼んである。お金の無駄遣いな気もするが、実は今まで鞄や財布などを必要としなかった為一つも持っていなかったのだ。

パーティー用の小さいやつならあるけど……あれは鞄ではない飾りだ。あんなの日常では使えない。機能性ゼロなんだもん。

仕立屋さんに頼んだのが出来上がり、教材類が届いたら入学準備は完璧。

続いては引っ越し準備の方。

アヴァントール学園の寮は入ると、特別な理由でも無い限り高等部卒業まで部屋が替わる事はない。貴族の集う金持ち学園故か、新入生だろうと一人部屋が与えられる。

内装は自由。ほとんどの人が各々好みの物を揃えているが私は希望して学園側に丸投げした。他にもやらなきゃいけない事は沢山あるので、家具にまでこだわってられない。派手すぎなければ特に文句は無いし。

そう言えばマリアベルはすっごい絢爛豪華な成金趣味だったなぁ……一ミリたりとも安らげなかった。目がチカチカして、マリアベルの趣味を心から疑った。

ともかく、家具については問題無し。一つ手間が省けて助かった。

学園に進学しても……いや、したからこそ貴族の令嬢に相応しい姿が要求される。礼儀作法は勿論、着る物も重要だ。

そうなると、必然的に持っていかなければならない洋服が……かさ張る上に量も多い。週末や長期休みに帰って来た時の為、ある程度家にも残していかなければならないし、最終手段は『新しく作る』事になってしまう。

何でこう、普段着れないドレスほどかさ張るわ繊細だわで場所を取るのか。型崩れを気にして畳めなかったり、引っ掛かるといけないから他と一緒にはまとめられなかったり、装飾品だって数が多いしドレスよりも気を遣うし……年に一度着るか着ないかの物になんでこんな振り回されなきゃならんのか。

普段着の方が量多いはずなのに纏めるとドレスの方が多く見えるってなんなの？　どんだけかさ張ってんの？　私の普段着もそれなりに良いものばっかりだよ？　デザインは私の希望でシンプルにしてもらった……はずだけど。少なくとも前のマリアベルよりは。

荷造りを終える頃には、入学まで一ヶ月を切っていた。

× × × ×

「はぁ……」

「幸せ逃げるよ」

「ええ、これから逃げる一方よ」

「そういう事じゃ無いんだけど……」

準備をしている時は良かった。現実を直視させられはするが、なんだかんだで作業に集中していられたから。

する事が無いとより実感してしまう、一分一秒が地獄へと近付いている感じがして辛い。

「一応俺、仕事中なんですけど？」

「おじさんのお手伝いじゃない」

「見習いと言え」

私より一つ上のケイトは初等部を卒業するとすぐおじさんの仕事を手伝うようになった。

いつかはおじさんと同じ我が家の庭師になるらしいが、今はまだ見習いの期間中。それもつい最近座学を終えたばかりなので実技はまだまだド新人。

「お昼休憩なさい。おじさんから一時間ならって聞いてるわ」

「余計な事を……」

「ご飯の用意は出来てるわよ」

「はいはい……」

ため息を吐きながら用意した、なんとも縁起の悪い昼食だが私の運勢はこれ以上下がりようがないので気にしない。

因みにここはいつもの薔薇園ではなく、沢山の花が咲き誇る庭園の一角。白い丸みをおびた屋根の下にカフェスペースが設けられた、所謂ガゼボ。

用意したのは軽食、サンドウィッチとデザートが三種類。デザートの方に力をいれたのは私の希望です。女の子は甘いものと可愛いもので出来てるって、誰かも言ってたしさ！

「ん、うまい」

「でしょ？　今日は私も手伝ったのよ」

「珍しい。コックがよく許したな」

「だって……もうすぐこんな風に一緒に食べたり出来なくなるんだもの」

後一月もしない内に私はアヴァントール学園へ旅立つ。そうなればこうして共にご飯を食べたり、薔薇園でのお茶会も簡単には出来なくなる。

愚痴とかも、聞いてもらえなくなるんだよなぁ……ストレスで胃に穴があいたらどうしよう。

「にしても、マリア料理出来たんだ？」

「ただの手伝いだし、サンドウィッチくらいなら作れるわよ」

「普通の貴族はサンドウィッチすら作れないもんだけどな」

普通に話しているこの時間も後少しだと思うと感慨深い。サンドウィッチの減る速度も遅くなる。

寂しい……のもあるし、心細いのもあるか。馬鹿にされそうだから言わないけど。

そんな事を考えながら私が一つのサンドウィッチをちみちみ食べ進める間に、ケイトは四つも平らげていた。休憩は一時間だから、私と話したりする時間も含めるとゆっくりもしていられないのだろう。

どうでもいいけど、食べるようになったなぁ。前は同じくらいの量を同じ時間をかけて食べてたのに。

「ごっそーさん。美味かった」

「お粗末様です。ケイト最近よく食べるね」

「そうか？　マリアが少ないんだろ」

「私は変わってないよ」

成長期？　でも身長とかは特に変わってない気がするし……顔立ちはちょっと大人びてきたけど。いつまでも同じではいられない、それを突き付けられているみたいだ。私にケイトが成長して見えるように、ケイトにも私が少しずつ変わっていっているように見えるだろう。

学園に入れば帰ってこられる期間は限られてるし……次に会う時には『誰だこいつ』みたいにな

るのかなぁ、お互い。

そう思うと何となく離れがたくて、空っぽになったお皿を片付ける気になれなかった。

「マリア様、こちらにいらしたんですね」

「リンダ先生！」

その気になろうがなるまいが、時間は平等なんですけどね。

私がぐずぐずしている内に、ケイトの仕事ではなく私の勉強の時間になってしまったらしい。

ゆっくりとした足取りで屋敷から出てきたリンダ先生の口振りからして、部屋にいない私を捜してくれていたらしい。

「ごめんなさい、時間を確認していませんでした」

「いいえ、私が早く来すぎてしまっただけですわ」

足取りと同じく、ゆっくりとした口調でそう言ったリンダ先生は怒っている様子はなく。先生が捜しにくるまで誰も呼びに来なかった事を考えても、どうやら私が時間に遅れたわけではないらしい。

「今日は魔法の実技ですし、中庭の方に参りましょう。杖はお持ちですか？」

「はい」

「ではこのまま中庭に向かいましょうか」

本当はケイトの仕事を眺めているだけでは暇だし、ちょっと自習でもしようと思って持ってきたんだけど、結局ため息をついていただけで終わっちゃった。

もうすぐ中等部に入るし、今の内に学べるものは学んでおきたい。

「それじゃあケイト、またね！」

出来るだけ明るく、笑顔を心がけて立ち上がった。

私が家を出る時には見送りに来てくれる、と言うか来いと言ってあるからこれが別れにはならないけど。もうあんまり時間はないし、どうせならしんみりせず笑っていたい。しんみりとか、私にもケイトにも似合わないし。

今生（こんじょう）の別れにはならない……はず。だけど私が向かうのは死亡フラグの所在地だから断言出来ない。いや、全力で回避はするつもりだけどさ。

「あ、おい、杖忘れてる！」

「え？」

リンダ先生のいる方に小走りで向かっていると、さっき背を向けたばかりのケイトから声をかけられた。

言葉に急いで振り返り、杖を持っていた……はずの手には何も握られていなかった。

ケイトに『いつも通り』を心掛けるのに必死で杖を持ってくるのを忘れるとは……不覚。

「さっき話してたばっかなのになんで忘れるの」

言葉と一緒に思いっきり呆れてますって主張したため息を吐かれた。

うぅ……言い返せないのが辛い。表情作るのに必死すぎて今から使う道具忘れるなんて、自分でもびっくりだわ。

「ほら、気を付けなよ」

「ごめん、ありがと――」

う、が出なかった。出せなかったとも言える。

杖を取ってくれたケイトが私に渡そうと腕をこちらに向けて出した、時。

突然杖が光って、次の瞬間には杖が見えないほどの花束がケイトの手にあった。

ピンクと黄色の薔薇を真ん中にスターチス、マーガレット、ライラック、金盞花(きんせんか)。統一性ゼロだな。花だけでなく蔓(つる)みたいなのもあって、多分アイビーだと思う。庭師のお父さんの影響で花に詳しいケイトと一緒にいる内に私にも多少は花の知識がある。ケイトに比べたら大した事無いから自信はないけど。

思わず花に意識を向けて逃避してみたけど……そろそろ限界だ。ケイトは花束を私に突き出す形で固まっている。

杖の先から花を出すのは私も学んだ、魔法実技の基礎の一つである。属性魔法にも通じる、文字通り基礎。

でもそれは、杖の先に花を一つ咲かせるだけであってこんな花束を形成する程ではない。

「な、に……これ」

「……これって」

ケイトは呆然として事態を呑み込めていないみたいだが……私には、一つ心当たりがあった。

リンダ先生との授業で学んだ、植物に通ずる力。『それ』を極めれば未知の植物すら産み出せるという。

でも、それをケイトが持っているはず無いのに。

思い出す。こんな出来事、前にもあったよね。

そう、グレイ先生がいた頃に。

「……リンダ先生、あの」

「ご当主様と、彼のお父様を呼んできますね」

流石、ただ驚いて現実から逃避していた私と違ってリンダ先生は冷静だ。多分、呆然としている私達を置いていけなかったんだろう。

私が復活したのを見て、いつも通りの笑顔と口調を崩す事なく一礼すると屋敷の中へ去っていった。

……え、ケイトの事は丸投げ？

まぁ良いんだけどさ。

「……ケイト、腕平気？」

「……ちょっと辛い、重い」

「でしょうね。とりあえず座りましょう」

ケイトの手から花束と杖を一度受け取って、花束だけ再びケイトに渡した。

ケイトから杖を離しても、そして杖から花束を離しても枯れないという事は、私の予想はほぼ的中しているという事だろう。

まだ混乱が残っているケイトをガゼボに押し込んで、花束はテーブルに置いた。

「大丈夫？　気分とかは平気？」

「あぁ、それは全然……ちょっと、混乱してるだけ」

「無理もないわ、私も驚いたもの」

「……これって、さ」

「多分、ケイトの思っている通りよ」

ケイトはグレイ先生の事を知っていて、私に付き合わされていた事で魔法の知識もある。だからさっき起こった事がどこにイコールするのかが想像出来たのだろう。

「リンダ先生がお父様達を呼びにいっているわ。検査をしてみないと断定は出来ないけど……多分、間違いない」

「……だよな」

「大丈夫……じゃない、わよね」

「いや、驚いたけど……それだけ」

え、肝据わりすぎじゃない？

強がっているだけかとも思ったけど……ケイトの目には不安どころか疑問の色もない。

「なるようになる……って所かな。考え込んでも良い事無いのはマリア見てたら学ぶよ」

「私の心配を返せ」

さらっとディスりやがったなこいつ。私の優しさを踏みにじったな。いつも通りを装ったケイトの優しさだとか思ってやらないぞ絶対に。

「大丈夫、悪いようにはならないから」

「何その自信」

「衝撃よりも、マリアと同じ所に行けるって方が重要」

「っ……まだ、確実じゃないんだからね」

「分かってるよ」

腹立つ笑い方だ。絶対私の反応を楽しんでるって笑い方。仕返ししてやりたいけど、それすらも笑って流されそうだから止めた。

その後、お父様とケイトのお父さんが来て、ケイトは検査に連れていかれた。私はリンダ先生の授業があったから置いて行かれた。一緒に行きたいって主張したのに……お父様でもおじさんでもなく、ケイトに「いらない」って言われたら行けないよね。

検査の結果が出たのは夜になってからだった。

翌日から大急ぎで入学入寮の準備に取り掛かったのは、言うまでもないだろう。

書き下ろし　番外編

これは、私がマリアベルとして体験した『LinaLia』一周目の話。


目を開けて、一番に飛び込んできたのは人の群れ。

講堂の様な空間で、色とりどりの頭髪が目に痛い。金髪率が高いけど、青もいれば赤もいる、逆に黒が全く無いってどういう事なんだろう。日本人の毛髪は黒が一般的じゃなかったか？

現実逃避に近い事を考えながらも、何が起こっているのか分からずに呆然としていたら周りが一斉に立ち上がる。

そして私も、遅れる事も焦ってもたつく事も無くそれに続いた。


……え、何で？


今の私は絶賛混乱中であり、立ち上がろうという気さえ無かった。脳のメカニズムってどうなってんのかな、無意識に立ち上がったり……するか、するな。周りに合わせた行動、脊髄(せきずい)反射ってやつ。

腑に落ちないが納得しようと必死に理由付けをしていたのに、その努力を真っ二つにしたのはあまりにも近くで聞こえた声だった。

「ごきげんよう」

これまた一斉に、綺麗に揃った挨拶はどうやら壇上に立つ人物の為らしい。いつ登場したのか、全然気が付かなかったけど混乱して周りに目がいってなかったのだろう。問題はそこではない、そんな事ではなくて。

私、喋ってない……よね？

いや、今現在喋りました。声は私のじゃないけど口が動いたって自覚はあります。でも私喋ってない。

混乱が最高潮になってきて何言ってるのか自分でも分からなくなってきた。今なら『頭痛が痛い』とか真面目に言えそう。

落ち着いて、一つ一つ考えていこう。

まずは、声。

周りの声にかき消されながらもしっかり耳に届く声は私の知る自分の声じゃない、でも確かに口は動いて私の声として発せられた物だ。風邪で声が変わっても自分の声は分かるだろう、そんな感じ。

二つ目は、私の意思。これが重要というか本題というか。

口が動き声が発せられた事は自覚しているが、そこに私の意思はない。まず私の辞書にごきげんようの文字はない。不可能よりもよっぽど使わない言葉です。

さっき勝手に立ち上がった事といい、今勝手に喋った事といい、私の意思がどこにも反映されていない。

夢でも見ているのかと思ったが、それにしては思考が鮮明すぎる。例えば口が動く感覚とか、耳に響く声とか、まるで実際に起こっているみたいにリアルだ。

現状を把握しようと思考を巡らせている間に着席していたらしい。

壇上にはさっきと違う大人と、視界の中で一番多い割合を占めたのと同じ金髪の女の子が立っていた。

そう遠い距離でもないし、私は視力が良い。証拠に彼女の顔だけでなく目の色まで判別出来た。碧眼で、金髪。そしてその顔。

私の記憶に引っ掛かる容姿をした女の子は、見た目通りの可愛らしい声で言った。

「か……カレン・フロウ、ですっ」

両手でマイクを持ってる所とか、震える声とか、分かりやすく緊張してますを体現している。あざとくも見えかねない仕草だけど可愛い子がやると可愛いでしかない。目に潤いを、眼福ってこれか。

しかしそんな可愛さを吹き飛ばすほどに、私は彼女を知っていた。

カレン・フロウ、高等部二年の編入生。

顔も形も名前まで、私の記憶にある乙女ゲームの主人公と完全一致。そっくりさんとかコスプレのレベルを遥かに超えたシンクロ率。

私は夢に見るほどあのゲームが好きだったのか……？

そう思っていたら視界が真っ暗になって、次の瞬間には場所が変わっていた。

一定の間隔で並んだ机と椅子、三、四十人ほどの人の数、黒板がある所を見ても十中八九教室だろう。

金髪、緑、赤にオレンジ。普通の学校なら校則違反の見本市だが乙女ゲームの、それもファンタジーなジャンルであるとするならば何の問題もない。頭髪ではなく私の精神状態を加味すれば大問題だけど。

しかもさっきから知ってる顔があるんだよなー……。

こちらもさっきのカレン同様顔の作りも聞こえてくる声も、紛れもなくゲームの攻略対象。

サーシァまで出てくるなんて、本格的に乙女ゲームの世界じゃないか。これでライバルの悪役令嬢マリアベルが出てきたら完璧だ。

サーシァもカレンも同じクラスだったはずだし、どっかにいても可笑しくないのだが……私が見ている範囲にはいないらしい。自分で視線を自由に動かせないって不便だな。

「マリアベル様、ごきげんよう」

「同じクラスだなんて、光栄ですわ！」

ん……？

「あら皆さん、ごきげんよう」

あ、私喋った。口が動く感覚が分かるって事は表情筋は共有してるのかもしれない。

それは兎も角として、今、私、なんて呼ばれた？

「先週お会いした時はまだクラスが分かっていませんでしたから、変な会話をしてしまいました」

「ふふ、そうね。分かっていたら相応のご挨拶をしましたのに」

「そうだマリアベル様！　今日この後ご予定は？」

マリアベルと呼ぶ彼女。

「特に無くてよ」

マリアベルと呼ばれる……私。

「でしたらご一緒にお茶でもどうでしょう？　オズに素敵なお店がありますの！」

普通に返事をして、口角の感覚を正しく判断出来ているなら私は今笑っているのだろう。記憶が美化もその反対もされてなければ、それはそれは底意地悪そうな笑顔だと思う。

鏡を見られないって不便だな、なんて現実逃避みたいな事を考えてはみたが意味は無く。その後も目の前の子達は『私』をマリアベルと呼んで話を進めていく。

声が変わっていたのはそのせいかと妙な納得感を覚えたが、受け入れられるかと問われれば答えは否だ。私の記憶にあるマリアベルという人物像を鑑みれば当然だと思う。

マリアベル・テンペスト。『LinaLia』の登場人物で美しいけど性格悪そうな見た目をしており、実際物凄く性格醜悪。そしてその性格が災いしたというか自業自得というか、最後は主人公が結ばれる相手を問わずざまぁみろと指差して笑ってやりたいくらいに悲惨な末路を迎える。

死亡に冤罪、追放、失踪、一家纏めて没落なんてのも珍しくない。

マリアベルと呼ばれる度に精神ががっつりと削られているのを感じながら何度も何度も神様に祈った。

『夢なら早く覚めてくれ』と。

その切実な願いが聞き入れられる事は、無かった。

×　×　×

目を開くと全く知らない場所に居た。

そう言われて、人はどう思うのだろう。

夢遊病？　それとも記憶力の欠如？　ボケたと思うかもしれないし、下手をすれば重度の電波を受信していると捉えられるかも知れない。

私ならその全部を考えた後、災難だねードンマイで流してしまうだろう。

良くも悪くも他人事で、心配は出来てもそれ以上も以下もない。突然の電波かもしれない発言を心配するだけでも充分優しいと思う。

それを十二分に理解した上で、目を開けると知らない場所に立っていた私はどうしたら良いのだろう。

しかも話せない動けない、意思を持ったマリオネットの様に行動全てが操られている様な不思議な感覚。自分がマリアベルである事を考慮すれば、人形師はマリアベル本人だろうか。

表情筋は共有しているらしいので喋ったり笑ったりすると分かる。分かるのに私がどれだけ騒いでもマリアベルには一切影響がないってどういう事だ。

全自動なの？　完全オートモードなの？　でもそれってヒロインなら選択肢の度に止まってくれるけど、選択肢の無いマリアベルにとってはただ地獄へノンストップってだけだから！

唯一の救いは触覚は共有していないみたいなので痛覚とかは多分別って事。痛覚まで共有していたら絶望しかなかったからそこは本当に不幸中の幸いだった。そこだけは、ね。現状が超マイナスなので、プラスマイナスしてもまだ盛大にマイナスだけど。

「っ……！」

「あら、いらしたの？　進行の妨げですわね」

「ご、ごめんなさい……」

はい、今何をしてるか分かりますかー？　分かりたくない人なら沢山いそうだよねー、私もその一人です。

しかし目の前で起こった事を無視するなんて高度な事は出来ないんですよ、私瞬(まばた)きすら不自由なので。

今、教室を出ようとしたカレンに後ろからマリアベルがわざとぶつかりました。それを然(さ)もカレンのせいみたいに言えるんだから、マリアベルのメンタル凄過ぎないか。将来は悪質なクレーマーになれそう、嫌すぎる。

しかしカレンはそんな悪質クレーマーの卵にも申し訳なさそうにして端っこによって道を開ける。気が弱いというかお人好しというか、マリアベルが付け込む要素満載だ。私の発言じゃないけど口が動く感覚を共有しているせいか罪悪感半端無いんだけど。カレンちゃん本当にごめん。

「分相応を弁える事ね……汚らわしい下民(げみん)風情が」

忌々(いまいま)しいと言わんばかりに眉間に皺を寄せて吐き捨てる姿は正しく悪女だ。もうほんと黙れよって思う。

マリアベルがカレンを嫌う理由は彼女の身分が原因なのだが、こんな風に直接攻撃をする発端はつい先日、カレンとルーナ王子の出会いイベントがあったからだ。

ルーナだけじゃなくてツバルとも出会ったんだけど、ついでにサーシァとも友達になった。その内グレイアスとネリエルも加わるんだろう。

何回も視界が暗転しては場面が変わるし、たまに日まで跨ぐから混乱するけど、どうやらゲームに沿った場面に飛んでいるらしい。マリアベルの日常風景もたまにあるけど独白したり、取り巻きとカレンの悪口言ってたり、おそらくゲームのワンシーンだけ。

人の悪口か嫌がらせしかしてない現状、私の精神はゴリゴリと音を立てて磨(す)り減っている。マリアベルの良心は自分を可愛がる以外に使われる事は無いようだ。

無視から始まったそれは陰口になり、教科書を隠したと思ったら破いたり。まだ呼び出しまではしていないけれどそれも時間の問題なくらい順調に悪化している。

そしてそれが確定したのは、数回の暗転を経た頃だった。

「あら、こんな所で会うなんて……不愉快ですわね」

現場はとあるパーティー会場。場面が変わり過ぎて何の名目で行われているのかは分からないが、恐らく学園を経由しているのだと思う。

そして今日も今日とて取り巻きを引き連れたマリアベルは、カレンを見つけるとわざとらしく表情を歪めた。

「自分の立場を分かっているのかしら？　ここはあなたの様な人間が来る場所ではなくてよ」

言い掛かりも甚だしいんだけど、心底不快だという表情をしているだろうマリアベルにとってはきっと自分こそが正論なのだろう。

マリアベルは異常なまでに平民を見下す。身分にこだわり、平民を見下し蔑む事を悪だとは思わない。

その考えは兎も角、それを公衆の面前で口にしても問題ないと思える精神はどうなっているのか。周りの目が分かりやすく嫌厭しているというのに……勿論マリアベルに対してね。

「私に言われずとも自覚すべきね。珍しい力があるからと優遇されるなんて恥知らずな事を考えているのかしら……浅ましい」

次から次へと、よくそうも口が回る。尊敬はしないけど。

誰もカレンを擁護しないからか、それとも自分の取り巻きの後押しを鵜呑みにしているのか……両方だな。調子に乗っているのは確実だ。

でも、そろそろ止めた方が良い。いや止めろ、お願いだから今すぐ口を閉じて！

これからの展開を知っている私にとってはこれ以上傷付かない内に撤収したくてたまらないのだが、勿論そんな願いは聞き入れられる訳がない。

「ルーナ様の事も、彼がお優しいからって図に乗っているのではなくて？」

「俺がなんだ」

おいでなすったー‼　知ってたけど‼

後ろにツバルを引き連れて、タイミングを見計らってたのかと勘繰ってしまうくらいに最高の登場シーンですね。もうちょっと早ければ、もしくは遅ければ鉢合わせせず、修羅場は過ぎ去っていたのに。

ここからの展開を知っている身としてはマリアベルにさっさとご退場願いたいのだが。

「ルーナ様、ごきげんよう」

「挨拶はいい……何だこの騒ぎは」

不機嫌そうに眉間に皺を寄せた姿まで美しいとか、流石王子様。それと対峙しているマリアベルはどうやら笑顔みたいだけど、ほんと空気読んで。空気は吸うものとかいうボケは要らないから今すぐ土下座しよう。

私が呪詛の様に呟き続けた『勘弁してくれ』という切実な想いはマリアベルに届く訳もなく。むしろこいつルーナが来て味方が増えたと思ってる気がする。じゃなきゃこの不快感を前面に出した表情を見て笑っていられるはずがない。

図太過ぎておかしくなっているとすら感じるんですけど。

「大した事ではありませんわ。ただ最近彼女の行動が目に余りましたので忠告をと」

嘘吐け、お前のはただの言い掛かりだろ！

「カレンが……？」

状況をある程度把握していたであろうルーナだが、実際にカレンが巻き込まれている事に怪訝さを隠せなかったらしい。カレンの名を呼び、心配そうな……マリアベルに対する不機嫌面が嘘の様に気遣う視線を向けている。

そこで初めて、マリアベルの顔が強張ったのが分かった。一種のお花畑な脳内で自分は正しく、ルーナも同じ考えだと信じきっていたのに、彼の視線はまるで自分こそがカレンを傷付ける存在なのだと言わんばかりだ。

実際そうなんだけどね。マリアベルとカレンだったら確実にカレンに付くでしょうよ。ルーナだけでなくこの会場にいるほとんどが、私もそっちに行きたい。

「ルーナ様、お優しいのは貴方様の素晴らしい美点なのですけれど、使う相手を誤ってはなりませんわ」

「……何の事だ」

「下々の者にまで気を配る必要はない、という事です」

あ、今地雷踏んだ。それが分かるくらいにルーナの雰囲気が変わった、顔もさっきあった表情が無くなって不機嫌よりもずっと怖い無表情になっている。

私としては今すぐ逃げ出したいくらいに恐ろしいんだけど、幸か不幸かマリアベルは全然分かっていないらしい。心臓に毛でも生えてるの？

「時には厳しさも必要ですわ。身の程知らずにもルーナ様の優しさを勘違いする輩もおりますし、ご自身の為にも関わる者の人選は大切な事です」

「カレンは、それに値しないと……？」

「当然です。どんな手を使ったのかは分かりませんがこの者はルーナ様の優しさに付け込んで……強化魔法の使い手だから皆が何も言えないと高を括っていらしたかもしれませんが、ルーナ様を巻き込むなら見過ごせませんわ」

えーっと……これは、自分を売り込んでいるのかな？

ルーナ様の為に頑張りましたって言ってる？

だとしたらこれ程逆効果な事はないんですけども。気付いて、マリアベルが口を開く度にルーナの雰囲気がどんどん落ちていってる事に。温度を感じないはずの私でさえ視覚効果なのかなんだか寒い気がするんだから、対峙しているマリアベルはもっと寒いはずなんだけど……この人鈍感過ぎじゃないか。

「そうか……言いたい事は分かった」

「でしたら――」

肯定した様な物言いのルーナにマリアベルの顔に笑みが浮かぶ。反対にカレンは俯いてしまったが……大丈夫ですよ、王子様っていうのはいつでもお姫様の味方だから。

「だがそれは、俺の意思では無いな」

「え……？」

マリアベルの笑顔が固まり、困惑を隠せずにいるらしい。ルーナの発言の意図が理解出来ないと、口元がひきつるのが分かった。

「お前の言う選民の考えは理解出来る。王族として、時に冷徹な判断を下さなければならない時が来る事も」

王族として、万人に優しさだけを振り撒く事は出来ない。

当然だ。優しさは時に人をダメにするし、冷たく突き放す事が優しさよりも尊い事だってある。

「しかし、カレンがそれに当てはまるとは思わない」

格好いいなぁ……一回落としてから上げるって高度テクニックですこと。

空気読めって？　茶化してないと心が折れそうなんです、自分マリアベルなんで。

「お前の言う下々とはなんだ？　奴隷か、庶民か、それとも自分より位の劣る全ての者か？」

疑問符は使ってるけど、これは返答期待していないタイプの問いですね。もし期待されてても出来なかっただろうけど、さっきから喉の筋肉が強張ってるのが伝わってくるし。

「お前にとっての下々は俺にとって護るべき民だ。優しさの使い所を間違う気は無いが、見下し嘲るなど……それこそ王族としてあるまじき所業だと思うがな」

そう言うルーナの目に、マリアベルの所業を侮蔑する色はない。ただその言動は間違いだと親の様に咎（とが）めるだけ。

マリアベルの言う通り、ルーナは優しいのだろう。王子だからか元からの性格なのかは分からないが、人を導くに適している人材だと思う。

ただそれは『不特定多数の民衆』の為にある顔。

「これは全部、カレンが教えてくれた事だ」

「え……？」

「カレンに会って、人に優しくしたいと思った。カレンに優しくしたいから、優しい国にしたいと思った」

盛り上がってますねー。この後のすったもんだを知っている……と言うか首謀者としては色々と複雑だ。良心が痛すぎて辛い。

「身分は、確かに大切だ。そこに至る沢山の歴史を蔑ろにする事などあってはならない。だがそれと同じ様に、カレンが教えてくれたこの気持ちを大切にしたいと思う」

これぞまさしく、乙女ゲームの真骨頂と言える。ちょっとした告白とも取れるし、場所が場所だから余計にクライマックスの様だ。

事実カレンとルーナはもうマリアベルなどいないかの様に見詰め合って笑っているし、他の客はマリアベルが話していた時とは打って変わって拍手喝采で大盛り上がりだ。

気まずさと怒りから場を去ったマリアベルに気が付く者など誰もいない。

ただ一人を、除いては。

「やぁ、マリアベル嬢。少しお話しないかい?」

×　×　×

あのパーティーの後、二人の関係がどうなったのかは私にも分からない。

ただ気が付くと、マリアベルがルーナの正式な婚約者になっていた。

カレンが登場しないとか、マリアベルがゲームでは描かれないとかいう理由なんだろうけど……せめて重要なイベントに関わる事は最初から最後までやって欲しい。

私は何も出来ないんだからどこから始まってどこで終わろうと関係は無いよ?　ゲームに関する知識もあるし。

思う。

でもね、いきなり意味不明な事で怒鳴られる私の精神を少しは考えて貰っても罰は当たらないと

「どういう事だ‼」

「あら、先程お話しした通りでしてよ？」

「納得出来る訳がないだろう！　急に、俺とお前が……っ、何故……‼」

「家柄を考えればこれ程の人選は無いと思いますけれど……私ではご不満なのかしら」

「当たり前だ！　俺は……っ」

「カレン・フロウの事はお忘れになってくださいな」

「俺の気持ちをお前が決めるな！」

烈火の如く怒ってますね。うんうん、気持ちは分かるよ。

好きな人がいるのに別の婚約者が出来るなんてそれだけでも納得出来ない事なのに、その相手が好きな人を苛めていた首謀者だなんて業腹もいいところだ。

でもそれでめげる様な女じゃないんだよ、マリアベルは。化け物並みに心が強いから。

「今、あの者の近くにはソレイユ様がいらっしゃいます。次期国王がそばにいるのですから、きっと彼女もすぐにルーナ様をお忘れになりますわ」

「……カレンは、地位や権力に靡く様な人間では無い」

「ええ、権力とは靡く物では無く従わなければならない物ですから。彼女の様な何の後ろ楯も無い

町娘であれば特に、ね」

笑みが深まったのが分かる、これはかなり悪い顔をしているだろう。元の素材を考えると私の自覚以上に悪どい物かもしれない。

証拠にルーナの顔にちょっと恐怖に似た感情が浮かんでいる。顔色も悪いし、婚約者ってこんな殺伐(さつばつ)としてる物だっけ？

「お前……まさか」

「貴族を敵に回して、彼女は生きていけるのかしら」

ふふ、と心から楽しそうなマリアベルの声を最後に視界が暗くなった。

思わずホラー映画を思い出したのは仕方がない事だと思う。

×　×　×

それから、何度暗転したか。片手では足りないとは思うけど、マリアベルの出番は多い様で少ない。婚約者という地位を得た為本人が登場しなくても邪魔が出来るという事らしい。どっちにしろマリアベルは嫌われていくので私の心の安定を考えると画期的と言えるだろう。

勿論全く出ないという事は無く、カレンとルーナが関わりそうになると邪魔は忘れないし普段の生活でもカレンへの嫌がらせは沈静化した様に見せかけて継続中だ。

そんな中、一度だけカレンから話し掛けてきた事があった。

「あの、マリアベル様」

「……何かしら？　貴女に構っているほど暇では無いのだけれど」

「すいません……でも、一つだけ言いたくて」

ついにカレンにまで何か言われんのかなー……いや、そんなシーン無かったはず。最近心にざっくざっく色んな物が刺さり過ぎて病みかけているから思考が上手く働かない。

ルーナとの婚約は学園中が知る所だが、その経緯も簡単に想像が出来ているらしい。ルーナが本当は望んでいない事も、カレンの事が好きな事も。

となれば、悪者は簡単に導き出される。二人を引き裂きルーナを苦しめる元凶、マリアベルに向けられる視線が優しい訳がない。

今この学園でマリアベルのそばに寄るのは初めから一緒にいる取り巻き軍団だけだ。その取り巻きも内心どう思っているのか分かりゃしないが。

自分じゃないと言い聞かせてはいるものの、話す感覚も聞く感覚も共有している為完全に切り離せないのが現実だ。

これでカレンにまで何か言われたら泣く。十割マリアベルのせいなんだけど。

「何かしら、手短にして頂戴」

「はい、あの……ルーナ様の、事」

ピクリとマリアベルの肩が揺れる。とは言え動揺したとかでは無くカレンの口からルーナの名が出た事が不快だっただけの様だけど。

「彼の事……幸せに、してください」

「っ……！」

「はじまりがどうであっても関係無い、時間は過ぎるし気持ちは変わる物だから……ちゃんと幸せな、あたたかい家庭を築いてください」

罪悪感で死ねるかもしれない、なんて本気で思った。もうね、マリアベルの醜悪さが浮き彫りになって辛すぎる。そしてこの二人を引き離している事実が辛すぎて泣きそう、泣けないけど！

「……意味が、分かりませんわね」

「今は、それでも構いません」

マリアベルの表情が怪訝に染まる。気持ちの悪い物を見た、と言いたげな顔。

初めて自分に意見してきた事、そしてそれが苦言では無かった事、自分のしてきた事で傷付いていない事が不快なのだろう。

マリアベルの様な人間が望むのは、自らの行いで相手が傷付く姿、苦しむ姿。自分が圧倒的強者だと錯覚出来る結果が目に見えて欲しい。心の底から共感出来ないし、したくない。

「話はそれだけかしら？　時間の無駄でしたわね」

恐らく、これは本心だろう。

マリアベルがカレンの話を聞こうと思ったのは彼女が自分に許しを乞うか、辛い悲しいと泣くと思ったから。

そのどちらでも無いカレンの話は言葉通り無駄な物だったのだろう。

カレンに背を向けるとすぐに視界が暗くなった。

結末は、近い。

×　×　×　×

きらびやかな世界は女の子が憧れる舞踏会に似ているかもしれない。

王子様に手を引かれ、沢山の人に祝福されて、愛に満ちた中で笑っている姿はおとぎ話の中ではハッピーエンドとされるもの。

ただそれは、相手がお姫様だったらの話。

「本日は、多忙な中お集まり頂き感謝しよう」

今日は学園の卒業式。王子であるルーナの卒業とあって、式が終わった後王宮で開かれたパーティーは沢山の人で賑わっていた。

卒業生在校生教員、他にも貴族や他国の王族と卒業を祝う規模では無い。

勿論卒業を祝う意図はあるだろうが、本来の目的は今日ルーナとマリアベルの婚約を正式に発表する事だ。

マリアベルは、幸せそうに笑っている。頬の筋肉が今までに無く緩んでいるし、内心は自分の人生の勝利に浸っている事だろう。

ルーナを見れば思い詰めた様な表情で一点を見詰めている。マリアベルが不思議に思いその視線を辿ると、その先にはカレンとルーナの兄であるソレイユが並んでいた。

「覚悟は決まりまして？」

「……あぁ」

マリアベルが問うたのは、カレンを忘れる覚悟の事。それに頷いたルーナに笑みを深め、心ではカレンを嘲笑っていると思う。マリアベルの性格上確実に、もしかしたら私の及ばない更に悪どい事かもしれないが。

まさかこの状況から急転直下に国外追放への道が待っているとは夢にも思っていないだろう。

「今日はある喜ばしい報告が――」

「父上……私から、宜しいでしょうか？」

「ルーナ……？」

父親とは言え王の言葉を遮って、その場で新たなマイクを求めると有能な使用人はあっと言う間に叶えて見せた。

一度深く息を吸って、吐き出す。その目には確かに強い覚悟があった。

静まり返った会場にルーナの声が響く。

「俺は……マリアベル・テンペストとの婚約を解消します」

「な……っ⁉」

澄み切った声色に迷いは無く、最早何一つ揺らがない決意という物を示していた。慌てる周りを他所にルーナは言葉を続ける。

「どうしても、諦められない人がいる。どうしても、譲れない人がいる。そいつの為なら全てを捨てても構わないと思うくらい……俺は、カレン・フロウを愛しています」

突然の告白は瞬く間に会場中を巻き込んで大きな嵐を起こした。ただ一人静かなのは台風の目となるルーナ一人だけ。

「地位も権力も、全て放棄しても構いません。家を出て、縁を切ってもいい。全てをここに置いていく覚悟は出来ています」

クライマックスはどこまでも劇的で、王子様はお姫様と幸せになる。誰もが望むエンディングへと走り出したら止まる事など無い。

「彼女を……カレンを愛する権利があれば、俺はどんな場所でも生きていける」

「ルーナ、様……」

見詰め合う、ルーナとカレン。

こうなってしまえば後は語る必要も無いだろう。

二人が抱き合うと会場は拍手と祝福に満ち、マリアベルは喚き暴れる所を取り押さえられて会場から連れ出された。

一通りの騒動が収まると弁解もさせてもらえずに今までの所業が明るみになって、気が付くと共犯であったソレイユと国を追い出されていた。

いつだって物語は王子様とお姫様の味方で、悪役の入り込む隙など無いのだ。

国外への道を行く馬車の中、憔悴（しょうすい）し切っているマリアベルとは裏腹に私は今までで一番晴れやかな気持ちで一杯だった。

これまでの経験を踏まえれば、もうすぐマリアベルの出番は終わり視界が暗くなるはず。

そうなれば、全ては終わる。物語は結末を迎え、マリアベルの仕事はもう無い。となれば、私がマリアベルから解放されるとすればここしかない。

何故こんな事になったのか等疑問は多々残るが、現状から解放されるならそんなもの些細な事だ。

夢と思って忘れる事だって容易だろう。

ゆっくりと、目を閉じた訳でも無いのに暗くなる視界。今までだったらいきなり暗くなって次の場面だったのに、やっぱり最後は少し違うんだなー、なんて呑気な事を思っていた。


目を開いたら色とりどりの毛髪。

聞き覚えのある声での「ごきげんよう」。

変わらず意思とは別の行動をとる体。

あまりの既視感にしばらく呆然としてしまったのは仕方ない事だよね。どうせ勝手に話は進んで

いくから問題無いし！

とりあえずこれからは無宗教になろう、神様なんか信じるもんか。

この時の私は再び始まったオートモード生活に絶望していたのだが、まさかこの感覚を計五周も味わう事になるとは思ってもいなかった。

アリアンローズ既刊好評発売中!!

目指す地位は縁の下。①
著：ビス／イラスト：あおいあり

義妹（いもうと）が勇者になりました。①～④
著：縞白／イラスト：風深

悪役令嬢後宮物語 ①～⑤
著：涼風／イラスト：鈴ノ助

誰かこの状況を説明してください！ ①～⑦
著：徒然花／イラスト：萩原 凛

魔導師は平凡を望む ①～⑱
著：広瀬 煉／イラスト：⑪

私の玉の輿計画！ 全3巻
著：菊花／イラスト：かる

観賞対象から告白されました。全3巻
著：沙川 蜃／イラスト：芦澤キョウカ

勘違いなさらないでっ！ ①～③
著：上田リサ／イラスト：日暮 央

異世界出戻り奮闘記 全3巻
著：秋月アスカ／イラスト：はたけみち

ヤンデレ系乙女ゲーの世界に転生してしまったようです 全4巻
著：花木もみじ／イラスト：シキユリ

無職独身アラフォー女子の異世界奮闘記 全4巻
著：杜間とまと／イラスト：由貴海里

竜の卵を拾いまして 全5巻
著：おきょう／イラスト：池上紗京

シャルパンティエの雑貨屋さん 全5巻
著：大橋和代／イラスト：ユウノ

勇者から王妃にクラスチェンジしましたが、なんか思ってたのと違うので魔王に転職しようと思います。全4巻
著：玖洞／イラスト：mori

張り合わずにおとなしく人形を作ることにしました。①～③
著：遠野九重／イラスト：みくに紘真

転生王女は今日も旗（フラグ）を叩き折る ①～③
著：ビス／イラスト：雪子

転生不幸 ①～③
～異世界孤児は成り上がる～
著：日生／イラスト：封宝

お前みたいなヒロインがいてたまるか！ ①～③
著：白猫／イラスト：gamu

取り憑かれた公爵令嬢 ①～②
著：龍翠／イラスト：文月路亜

侯爵令嬢は手駒を演じる ①～②
著：橘 千秋／イラスト：蒼崎 律

ドロップ!!～香りの令嬢物語～ ①～③
著：紫水ゆきこ／イラスト：村上ゆいち

悪役転生だけどどうしてこうなった。①～②
著：関村イムヤ／イラスト：山下ナナオ

非凡・平凡・シャボン！ ①
著：若桜なお／イラスト：ICA

目覚めたら悪役令嬢でした!? 全2巻
～平凡だけど見せてやります大人力～
著：じゅり／イラスト：hi8mugi

復讐を誓った白猫は竜王の膝の上で惰眠をむさぼる ①～②
著：クレハ／イラスト：ヤミーゴ

隅でいいです。構わないでくださいよ。①～②
著：まこ／イラスト：蔦森えん

婚約破棄の次は偽装婚約。さて、その次は……。①
著：瑞本千紗／イラスト：阿久田ミチ

聖女の、妹
～尽くし系王子様と私のへんてこライフ～
著：六つ花えいこ／イラスト：わか

悪役令嬢の取り巻きやめようと思います ①
著：星窓ぽんきち／イラスト：加藤絵理子

百均で異世界スローライフ ①
著：小鳥遊 郁／イラスト：アレア

乙女ゲーム六周目、オートモードが切れました。①
著：空谷玲奈／イラスト：双葉はづき

乙女ゲーム六周目、オートモードが切れました。1

＊本作は「小説家になろう」（http://syosetu.com/）に掲載されていた作品を、大幅に加筆修正したものとなります。
＊この作品はフィクションです。実在の人物・団体・事件・地名・名称等とは一切関係ありません。

2017年5月20日　第一刷発行
2017年5月31日　第二刷発行

著者 …… 空谷玲奈

イラスト …… 双葉はづき
発行者 …… 辻 政英
発行所 …… 株式会社フロンティアワークス
〒170-0013　東京都豊島区東池袋 3-22-17
東池袋セントラルプレイス 5F
営業　TEL 03-5957-1030　FAX 03-5957-1533
アリアンローズ編集部公式サイト　http://www.arianrose.jp
編集 …… 小柴真道・原 宏美
フォーマットデザイン …… ウエダデザイン室
装丁デザイン …… WINFANWORKS
印刷所 …… シナノ書籍印刷株式会社